诗歌里的中国系列丛书

诗歌里的传统节日

丁 捷 主编
孟祥静 编著

河海大学出版社
HOHAI UNIVERSITY PRESS
·南京·

图书在版编目(CIP)数据

诗歌里的传统节日 / 孟祥静编著. -- 南京：河海大学出版社，2024.7（2024.12重印）
（诗歌里的中国 / 丁捷主编）
ISBN 978-7-5630-8984-0

Ⅰ.①诗… Ⅱ.①孟… Ⅲ.①古典诗歌—诗歌欣赏—中国 Ⅳ.①I207.22

中国国家版本馆CIP数据核字(2024)第100621号

丛 书 名 / 诗歌里的中国
书　　名 / 诗歌里的传统节日
　　　　　 SHIGE LI DE CHUANTONG JIERI
书　　号 / ISBN 978-7-5630-8984-0
责任编辑 / 齐　岩
选题策划 / 李　路
特约编辑 / 翟玉梅
文字编辑 / 岳盈娉
装帧设计 / 刘昌凤
出版发行 / 河海大学出版社
地　　址 / 南京市西康路1号（邮编：210098）
电　　话 / （025）83737852（总编室）
　　　　　 （025）83722833（营销部）
经　　销 / 全国新华书店
印　　刷 / 廊坊市印艺阁数字科技有限公司
开　　本 / 880毫米×1230毫米　1/32
印　　张 / 8.75
字　　数 / 204千字
版　　次 / 2024年7月第1版
印　　次 / 2024年12月第2次印刷
定　　价 / 89.80元

序

智性的精彩
——《诗歌里的中国》丛书序

/丁捷

中国诗歌是中华儿女的性情基因,是中华文明的基因。翻阅人类文明史,不难看到古老的中国是其中的浓墨重彩。其最为厚重的一笔,是彪炳的中国文学,是灿烂的诗歌星河。说中国是诗歌之国,言无夸张。从古代的《诗经》《楚辞》到唐诗、宋词、元曲,再到进入白话文时代洋洋洒洒的现代诗歌,中国的诗歌文化一直绵延不断,千秋万代,日积月累,终成巍峨。卿好诗文,诗富五车,诗风吹得子民醉;曲水文华,诗脉流芳,中国人一言一行、一语一态,声声有情,款款有韵。中华民族因诗歌而气华,因文采而质优。诗歌涵养出独特而又生动的东方性格和东方智慧,哺育出出类拔萃的中华文化。

序

显然，包罗万象的中国诗歌，远远不止于是一种文采呈现和审美表达，更是一种精神寄托、文化传承、自然观照和科学探求的集大成。认识中国诗歌财富的价值和取之运用，千百年来，我们一直在做，但做得还远远不够。从中国诗库中挖掘瑰宝，我们更多的注重开发其情绪价值和美学意义，较少关注其对哲学、自然、科学等领域的贡献。中国诗歌"内外兼修"的双重丰富性，多少有些被后人"得之于内而失之于外"，很多时候我们沐浴在中国诗歌的文采和情感这些"温软"里，对它浩瀚里所蕴藏的自然科学"硬货"多少有些忽略。《诗歌里的中国》摒弃习惯思维，另辟蹊径，从节气、节日、民俗、游戏、神话等内容元素切入，引领我们探求诗歌中的气象学、社会学和专类文学；借用传统，达成了某种文化创新。这套诗学著作因而呈现出非同一般的编著意义和传播价值。

"二十四节气"、"传统节日"、"民俗"、"游戏"和"神话"等专题专集构成的丛书，集常识性、科普性与赏析性于一体，洋洋大观，知性明了。每本书选取多个小主题介绍相关历史风俗，并选取符合这一主题的古诗词，通过"主旨""注

序

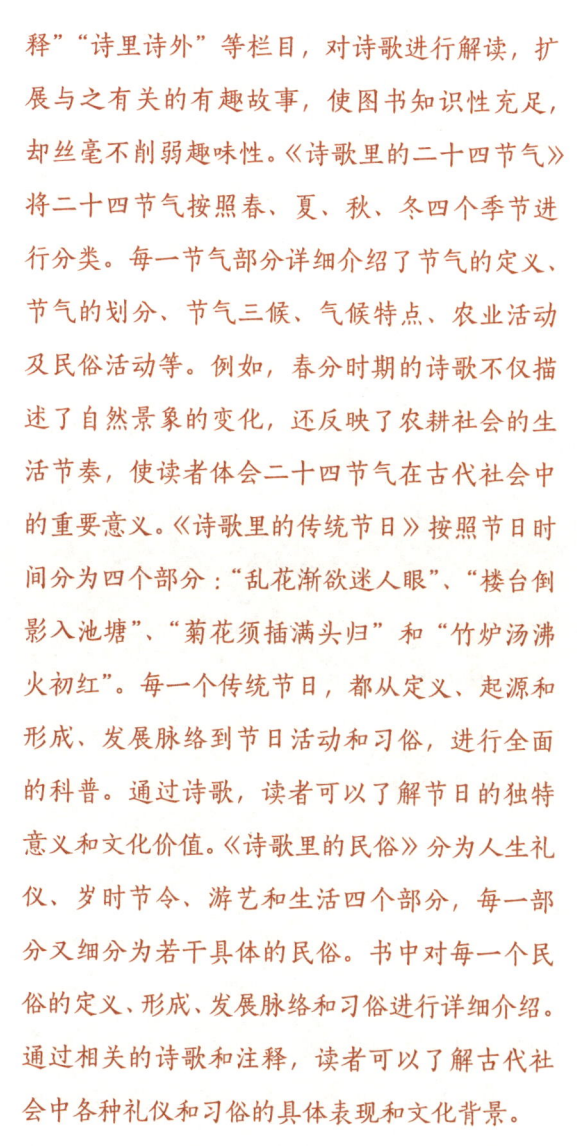

释""诗里诗外"等栏目,对诗歌进行解读,扩展与之有关的有趣故事,使图书知识性充足,却丝毫不削弱趣味性。《诗歌里的二十四节气》将二十四节气按照春、夏、秋、冬四个季节进行分类。每一节气部分详细介绍了节气的定义、节气的划分、节气三候、气候特点、农业活动及民俗活动等。例如,春分时期的诗歌不仅描述了自然景象的变化,还反映了农耕社会的生活节奏,使读者体会二十四节气在古代社会中的重要意义。《诗歌里的传统节日》按照节日时间分为四个部分:"乱花渐欲迷人眼"、"楼台倒影入池塘"、"菊花须插满头归"和"竹炉汤沸火初红"。每一个传统节日,都从定义、起源和形成、发展脉络到节日活动和习俗,进行全面的科普。通过诗歌,读者可以了解节日的独特意义和文化价值。《诗歌里的民俗》分为人生礼仪、岁时节令、游艺和生活四个部分,每一部分又细分为若干具体的民俗。书中对每一个民俗的定义、形成、发展脉络和习俗进行详细介绍。通过相关的诗歌和注释,读者可以了解古代社会中各种礼仪和习俗的具体表现和文化背景。

值得一提的是,从古老中国文学中找"游

序

戏"是一件时新的活儿。游戏在我们今天是一种普及化的大众娱乐，在古人那里，却更有娱乐之上的"培雅""社交"功能。这一点太值得我们挖掘了。《诗歌里的游戏》将古代游戏分为文化、博戏、武艺和礼俗四个类别，每一类别包含若干游戏。书中对每个游戏从定义、历史和玩法等方面进行详细介绍。例如，古代的射箭游戏不仅有诗歌的描述，还有射箭的历史和技术细节。通过相关的诗歌和故事，读者可以更好地了解古代游戏的相关知识和古人的高雅娱乐方式。我们今天在为青少年沉湎于"西式游戏"而烦恼的时候，不妨到聪明的祖先那里求助，仙人指路，也许我们因此而抛却外来依赖，开发出更多属于我们自己的、具有强烈民族特色的优质"游戏"。

从文学本身的意义看，《诗歌里的神话》拾遗补缺，为文学学的发展提供了新的参考。本册分为天地开辟、三皇五帝、夏商周等几个时期，详细介绍了每个时期的神话传说。书中通过对相关诗歌的解读，带领读者领略中国文化的起源和神话传说的独特风采。例如，盘古开天辟地的神话不仅有诗歌的描述，还结合了神话的

序

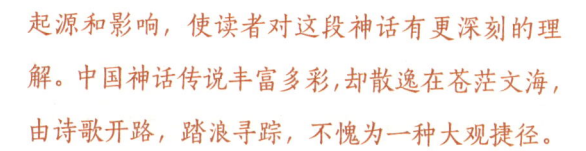

起源和影响，使读者对这段神话有更深刻的理解。中国神话传说丰富多彩，却散逸在苍茫文海，由诗歌开路，踏浪寻踪，不愧为一种大观捷径。

通过《诗歌里的中国》丛书，我们可以穿透历史的缝隙，重新发现那些优秀的传统文化，感受古代社会的丰富多彩和智慧结晶。本套丛书不仅是体例创新的诗词赏析集，更是解构中国传统文化的宝贵资料，使读者在欣赏诗歌的同时，感悟文化之美，厚植爱国情怀，筑牢文化自信，增进科学自豪。

由诗歌等"杰出贡献者"写就的中华文明，源远流长、博大精深，是中华民族独特的精神标识，是当代中国文化的根基，是维系全世界华人的精神纽带，也是中国文化持续和创新的宝藏。习近平总书记在文化传承发展座谈会上，以贯通古今的文化自觉，鲜明提出了中华文明的突出特性，即连续性、创新性、统一性、包容性、和平性。这是对中国文化特性、中华文明精神的深刻总结，是站在推进中国式现代化建设的全新视角，对创造新文化的恢弘擘画，为建设中华民族现代文明提供了根本指针。今日之中国，人民群众对传统文化的热情日益高涨，中

序

华优秀传统文化活力迸发,《诗歌里的中国》丛书出版,正是为了激发大国科学创新潜力,传递民族精神之光,绽放中华文化独特魅力的呼应之作。

时不我待,让我们拥抱这份智性精彩。

2024 年 6 月 13 日于梦都大街

目录

壹
乱花渐欲迷人眼

春节 　　　　三
元日／成彦雄　　一四

破五节 　　　一七
送穷／石延年　　二五

人日节 　　　二八
人日新安道中见梅花／罗隐　　三五

元宵节 　　　三九
鹧鸪天・元宵后独酌／杨慎　　四八

填仓节 　　　五一
正月二十日填仓诗／孔尚任　　五七

中和节 　　　六〇
中和节赐群臣宴赋七韵／李适　　六六

六九	龙抬头	
七七	二月二日 / 李商隐	
八〇	花朝节	
八六	雨中花慢・岭南作 / 朱敦儒	
八九	上巳节	
九五	丽人行 / 杜甫	
九九	寒食节、清明节	
一〇九	途中寒食 / 宋之问	

贰 楼台倒影入池塘

一一五	端午节	
一二五	六幺令・天中节 / 苏轼	
一二九	六月六	
一三六	寄润卿博士 / 皮日休	

叁

菊花须插满头归

七夕节 — 一四三
七夕穿针 / 柳恽 — 一五四

中元节 — 一五八
望月婆罗门引·中元步月 / 顾太清 — 一六四

中秋节 — 一六八
中秋月 / 晏殊 — 一七八

重阳节 — 一八一
贺新郎·九日 / 刘克庄 — 一八九

肆 竹炉汤沸火初红

一九五	寒衣节
二〇三	十月朔客建业不得与兄弟上冢之列悲感成诗 / 范成大
二〇六	下元节
二一二	十月十五日观月黄楼席上次韵 / 苏轼
二一六	冬至
二二五	冬至 / 朱淑真
二二九	腊八节
二三八	行香子・腊八日与洪仲简溪行,其夜雪作 / 汪莘
二四一	小年
二四九	祭灶与邻曲散福 / 陆游
二五二	除夕
二六三	客中除夕 / 袁凯

第一辑

乱花渐欲迷人眼

春节

科普 //

  春节俗称新春、新岁、岁旦、过年等，指农历正月初一，也指正月初一以后的几天，是中华民族传统节日中最重要的民俗节日，古老而隆重，家人团聚，喜庆的氛围渗透到衣食住行的方方面面。在此期间，世界各地的华夏子孙都会举行精彩纷呈的庆祝活动，这也是春节的显著标志。

历史

　　春节历史悠久，关于春节的起源有多种说法，有年兽说、黄帝说、历法说、祭祀说等，主要是源于上古时期的原始信仰和自然崇拜。

　　春节俗称过年。在远古的神话传说中有一种叫"年"的怪兽，据说长得很吓人，具体有多吓人就不得而知了，关键是它凶猛残暴，喜欢吃人肉，而且每到年三十晚上都会出来抓人吃。人们为了躲避年，就会早早吃过晚饭，闭门不出。后来人们发现年害怕光、害怕响声，于是开始在十二月三十这天晚上点亮灯火，并在院子里燃烧竹子发出噼噼啪啪的声音。半夜时分，年来到村里准备抓人吃的时候，果然被吓跑了。

　　神话说源于黄帝战蚩尤的故事。据说在上古时期，黄帝和东方九黎部落的蚩尤展开了一场浩大的战争，在农历正月初一这天，黄帝在涿鹿打败了蚩尤，并将其杀死。后世为了纪念黄帝的战绩，就把正月初一作为节日来庆祝。

　　历法说起源于万年创建历法。传说古代有一个非常聪明的少年叫万年，他每天需要进山砍柴，以此为生，那时人们还不知道怎么计算时间。万年也非常苦恼，常常不知道何时进山，何时回家。有一次，他在树下休息的时候，发现树荫会移动，经过不断思索，他发现了日出和日落的规律。但是这个方法在阴天没有太阳的时候就失效了。在溪边洗脸的时候，山崖上不断滴下的水滴给了他灵感，他仿照滴泉，通过水滴来计算时间，制造出了类似于后世计时工具的五层漏壶。经过不断研究，万年总结出来每经过三百六十天左右四季就会轮回一次。

当时的国君祖乙也对无法测定时间感到烦闷，万年便带着自己的研究成果去见祖乙。祖乙听了万年的汇报，十分高兴，就修建了日月阁让万年专门负责研究历法和节气。后来，祖乙去看万年的研究情况，发现日月阁的墙壁上刻了一首诗："日出日落三百六，周而复始从头来。草木枯荣分四时，一岁月有十二圆。"祖乙看到万年的研究成果十分满意。当时正好是第十二个满月，万年就对祖乙说："现在正是旧岁快要结束，新岁即将开始的时候，请您确定一个开始的节吧。"祖乙想了下说："就叫春节吧。"春节就这样产生了。后来，人们为了纪念万年的伟大贡献，就将这种历法称为"万年历"。

春节的起源还有一种说法是源于古代祭祀。古时人们没有时间的概念，后来由于农耕需要，大概在新石器时代有了时间的概念。年作为时间概念始于周代，表示农作物的生长周期。《说文解字·禾部》："年，谷熟也。"《尔雅·释天》疏曰："年者，禾熟之名，每岁一熟，故以为岁名。"

后来年从农作物的生长周期演变为庆祝农业丰收的活动。古代人们认知落后，认为收获来自祖先和神灵的恩赐和庇佑，因此，殷商时期就有在年末岁初之际祭神、祭祖的活动。这种用农作物、猎物来祭祀祖先和众神，感谢其赐予以及祈求来年丰收的活动称为腊祭。《风俗通义·祀典》："腊者，猎也，言田猎取禽兽，以祭祀其先祖也。"现在春节时祭拜祖先、神灵的习俗就是由古代的腊祭演变而来。腊祭经过一年一年的发展，逐渐发展为春节。

古代的岁首最初并不固定，《尚书大传》中载："夏以孟春月

为正,殷以季冬月为正,周以仲冬月为正。"也就是夏历建寅,以现在农历的正月为第一个月;殷历建丑,即以现在农历的十二月为第一个月;周历建子,即以现在农历十一月为第一个月。秦朝时采用《颛顼历》,建亥之月,也就是以现在农历十月为一年的第一个月。由于早期历法多次被改动,出现了天象与历书记载不符的现象,直到汉武帝太初元年,创立《太初历》,以正月为岁首。岁首,即"一岁之始",也就是作为一年的开始的那个月(正月),又称"年始"。

岁首确立之前,春节也未定型。先秦时期,各地由于地区差异,农作物的收获时间不同,庆祝祭祀活动的时间也不同。直到汉朝制定《太初历》,确立了岁首,"过年"的时间才逐渐确定,不过汉代的春节指的是二十四节气中的第一个节气立春。这时的"过年"还不是指现代意义上的过年。《太初历》吸收了二十四节气,主要是对农业进行指导。但各种春节习俗在汉代已经初具雏形,如团拜、朝贺、爆竹等。

南北朝时期,人们把整个春季叫作春节。这时过年的习俗基本延续自汉代,而且出现了守岁的习俗。周处在《风土记》中说:"蜀之风俗,晚岁相与馈问,谓之馈岁;酒食相邀,为别岁;至除夕,达旦不眠,谓之守岁。"也就是说蜀地之风俗,年底的时候大家相互赠送礼物,这就是馈岁;准备丰盛的酒菜,相邀着欢饮庆祝,就是别岁;到除夕这天,家人聚在一起,通宵达旦,就是守岁。

五代时期,过年开始出现春联,后蜀主孟昶写下了最早的春联。

唐代政治统一,经济繁荣,文化发展,过年的习俗也丰富起来,而且娱乐性逐渐增强。这就从最初的祭祖敬神向自我娱乐和节日

诗歌里的传统节日

庆祝转变。

宋元时期，春节习俗进一步发展，在内容和形式上更加贴近百姓的生活。年画的图案生动，内容也多来源于生活。王安石在《元日》中写道："千门万户曈曈日，总把新桃换旧符。"过年家家户户有贴春联的习俗，桃符就是春联的前身。

明清时期，封建专制主义不断强化，连春节的祭祀庆祝活动也受到影响。不过在民间，春节活动经过长期的发展和传承，基本被保留下来。

节日活动和习俗

中国地域辽阔，民族众多，经过几千年的发展，不同地区、不同民族形成了各自不同的庆祝活动和风俗习惯。但总体来说，有扫尘、贴春联、放爆竹、拜年、吃饺子、吃年糕等。

春节有广义和狭义之分，广义的春节从十二月初持续到正月十五，狭义的春节专指正月初一这一天。民间俗称"过了腊八就是年"，腊月初八喝腊八粥。腊八以后年味渐浓，人们早早准备过年的用品，打扫房屋，购置年货，买新衣服。

扫尘

扫尘就是指快过年时，要进行一次大扫除，把家里里里外外、上上下下都要打扫得一尘不染。这一习俗古已有之。据《吕氏春秋》记载，我国在尧舜时期就有扫尘的习俗。扫尘的"尘"与"陈"

同音,因此,扫尘有除旧迎新之意,寄托了人们美好的愿望和追求。扫尘习俗在唐代已经十分盛行。

贴春联

春联,春节时贴的对联,也叫"春贴""门对"等,由对仗工整、用语简洁、吉祥祝福的话语构成。春联最早起源于桃符,《初学记》引《典术》曰:"桃者,五木之精也,故压伏邪气,制百鬼,故今人作桃符著门以压邪。此仙木也。"在古人眼中,桃木是五木之精,能够制伏鬼怪,抵御邪祟。早在周代,新春时节,人们为了辟邪祈福,用桃木做成桃木板悬挂在大门两边,上面画着神荼、郁垒的图像。

过年贴春联的习俗起源于宋代,到明代广为流传。春联一般用红色的纸来书写,以彰显喜庆的气氛。春联由横批、上联和下联组成,区别上下联的办法是,上联的最后一个字为仄声字,下联的最后一个字为平声字,如"爆竹声声辞旧岁,红梅朵朵迎新春"。

春节贴"福"字也是必不可少的环节。《说文解字》曰:"福,佑也。"人们贴福字是为了祈求平安,带来好运。贴福字大有讲究,大门上的福字是不能倒着贴的。往往在特定的地方才倒贴福字,如水缸、垃圾桶等。倒贴福字,是为了防止倒东西的时候将福气倒走。

放爆竹

"爆竹声中一岁除,春风送暖入屠苏",描写的就是春节时放爆竹送旧岁,喝屠苏酒迎新春的习俗。放爆竹最初是为了赶走年这种怪兽,后来便成为一种习俗保留下来。不过驱赶年的时候还

◆ 清金廷标岁朝图

此画描绘庆祝新春的欢乐景象。孩童手执锣鼓锤，吹奏琉璃喇叭，燃放竹杖，嬉戏玩耍于园中。正月燃放爆竹，寓意"报平安"。

没有现代的爆竹，主要是直接燃烧一些可以发出声音的树枝、竹子等，真正意义上的爆竹产生于唐代。

唐初有一年，瘟疫横行，当时有个叫李畋的人把硝石放在竹筒里，竹筒点燃后能够发出巨大的响声，并且散发出浓烈的味道和烟雾，可以用来祛除瘴气，以祛病消灾。后来，人们经过不断实践，将硝石、木炭、硫黄等装到竹筒里，然后点燃，这样"爆竹"就产生了。到了宋代，竹筒被改进为纸筒、麻茎，并将火药编成一长串，点燃后噼噼啪啪声不断响起。这就是现代鞭炮的雏形。鞭炮产生后，其娱乐性不断凸显，除了春节，其他节日或重大活动时也会燃放鞭炮以示喜庆。

不过随着时代的发展，人们逐渐发现燃放鞭炮的危害，如噪声、环境污染等，还容易引起火灾和人员受伤等。我们既要了解爆竹所蕴含的传统民俗和文化意义，也要遵守规定，不可随意燃放。

拜年

春节拜年是民间的传统习俗，是人们相互表达美好祝愿的一种方式。拜年的起源与年兽有关，人们会在正月初一早上起来相互庆贺没有被怪兽吃掉。后来即使没有年兽了，人们也保留了相互庆贺的习俗。

汉代有岁首官府僚属往来拜贺的活动。不过拜年的习俗直到宋代才真正形成。孟元老在《东京梦华录》中记载了当时汴京的拜年活动："正月一日年节，开封府放关扑三日。士庶自早互相庆贺。"宋代春节有三天的假期用来拜年、庆贺。明代时，拜年的活动已非常盛行。陆容在《菽园杂记》中记载："京师元日后，上自朝官，下至庶人，往来交错道路者连日，谓之'拜年'。然士庶人各拜其亲友，多出实心。朝官往来，则多泛爱不专。"可见拜年已是春节的一种必要活动，上自官员，下至百姓，不管是否真心，形式上都会相互拜贺。

拜年的时间一般是正月初一到初五。拜年的顺序是先家内，后家外，初二拜岳父母，初三拜舅舅，初四拜其他亲戚等。拜年一般是晚辈向长辈叩首，并说一些祝贺新年好、祝福长辈健康长寿的吉祥话。长辈要在晚辈跪拜后，给晚辈发压岁钱或者糖果等。邻里之间在春节也会相互拜年、问候。拜年时要多说祝福话，千万不要说不吉利的话。

随着时代的发展，人们分散在全国甚至世界各地，除了传统的拜年方式，还出现了电话拜年、短信拜年、视频拜年等新形式。不管何种拜年形式，都是人们沟通感情、表达祝愿的一种方式。

节日饮食

我国的传统节日往往与特定的食品有关。春节也有特定的饮食，如饺子、年糕、春卷等。由于地域因素和农作物的分布特点，北方人过年时会吃饺子，南方人则吃年糕、春卷。

饺子源于古代的"角子"，原名"娇耳"，传说是东汉名医张仲景首创。张仲景医术高超，且有悬壶济世之仁心，被人称为"医圣"。他在湖南长沙担任太守时，经常于每月初一、十五在大堂上免费为百姓看病（后世称医生看病为"坐堂"就源于此）。有一年

冬天太冷，张仲景选择能驱寒的羊肉，配上茴香、肉桂等中药，煮熟后混合葱姜蒜等剁碎，再用面皮把它们包裹成耳朵的形状，煮熟后分给路过的人。张仲景给这种食物取名"祛寒娇耳汤"。由于"娇耳"谐音"饺儿"，后来便被传成了饺子。

古代饺子的名称很多，如三国时期称馄饨，唐代叫牢丸，宋代叫角儿、角子等，元代称扁食等。过年吃饺子的习俗最迟在明代就已经出现，《酌中志》中提到明朝宫廷是"正月初一日五更起……饮椒柏酒，吃水点心，即'扁食'也。或暗包银钱一二于内，得之者以卜一岁之吉。是日亦互相拜祝，名曰'贺新年'"。《宛署杂记》也有记载："岁时元旦拜年……作扁食。"这里的扁食就是饺子。

年糕是我国的传统食物，过年吃年糕寓意年年高升。年糕的产生据说与春秋时期的伍子胥有关。那时诸侯称霸，十分混乱。伍子胥为了给父亲报仇投奔吴国（当时吴国的都城在今苏州），向吴王借兵讨伐楚国。吴王不同意，伍子胥帮助阖闾杀了吴王，夺取了王位。在伍子胥的帮助下，吴国逐渐强盛起来。但阖闾慢慢骄纵起来，还让伍子胥筑阖闾城以显示他的功德。

阖闾城建好后，吴王大宴群臣。大家也都认为有了坚固的城池便可高枕无忧。伍子胥却满怀忧虑，对随从说："城池可以抵挡敌兵，同样也能阻挡里面的人出去。如果敌人只是围城，城内的人该如何应对？我死后，如果吴国受困，人民受饥，可在城门下掘土数尺取粮。"伍子胥的随从以为他喝醉了，并未当回事。

后夫差继位，听信谗言，接受勾践的求和，并把极力阻止此事的伍子胥赐死。伍子胥死后，勾践进攻吴国，将都城围困。后来城内断粮，吴军又出不去。这时，伍子胥的随从想起了伍子胥之前的嘱咐，就召集邻里到相门外掘地取粮，挖了几尺，发现城砖是用糯米粉做的。人们纷纷朝着城墙下跪，感谢伍子胥的救命之恩。之后，大家为了纪念伍子胥爱国爱民的伟大精神，就在准备过年时，做年糕来辞旧迎新。

年糕历史悠久，最迟汉代已经出现。随后，年糕种类不断丰富，明代已有关于过年吃年糕的记载。明朝崇祯年间刊刻的《帝京景物略》中有这样的记载："正月元旦……啖黍糕，曰年年糕。"

年糕作为食品，人们更加注重的是它的节日意义和吉祥寓意。

春卷是由立春时食用春盘的习俗演变而来，流行于全国各地，南方更盛。春盘始于晋代，初名五辛盘。据晋周处《风土记》载："元日造五辛盘。"就是将五种味道辛辣的蔬菜放在盘里，供人们在春日食用，所以又称为"春盘"。

宋代时出现了春饼。春盘的菜品也非常讲究，如当时宫中一盘春卷价值万钱，《武林旧事·立春》："后苑办造春盘供进，及分赐贵邸、宰臣、巨珰，翠缕红丝、金鸡玉燕，备极精巧，每盘直万钱。"

清代，春卷之名已出现。春卷作为节日食品，更多是在立春时吃。后来春卷也成为南方春节必备的食品。

诗歌里的中国

元日

南唐·成彦雄

戴星①先捧祝尧觞②,镜里堪惊两鬓霜。
好是灯前偷失笑,屠苏③应不得先尝。

成彦雄,字文干,生卒年均不详,南唐进士,著有《梅岭集》五卷。

诗歌里的传统节日

主旨

　　作者在诗中记述了新年饮酒活动,虽感叹时光流逝,却洋溢着喜悦之情。

注释

①戴星:顶着星星,比喻早出晚归,即披星戴月。
②祝尧觞:向天子祝酒。古代臣民即使在家中过年饮酒,也要先举杯遥向天子方向祝拜后自己才能饮酒。觞,古代的酒器。尧,帝喾之子,传说中的古代帝王,上古时期部落联盟首领,姓伊祁,号放勋,也称陶唐氏。
③屠苏:屠苏酒,饮屠苏酒是古代过年的一种习俗。卢照邻《长安古意》:"汉代金吾千骑来,翡翠屠苏鹦鹉杯。"苏辙《除日》:"年年最后饮屠苏,不觉年来七十余。"王安石《元日》:"爆竹声中一岁除,春风送暖入屠苏。"

诗里诗外

　　过年饮酒的风俗早已有之,一般来说,是长辈先饮,中国向来尊老敬老,但屠苏酒的饮用很特别。饮用屠苏酒是从少到长的顺序,正如晋代董勋在《时镜新书》中所说:"少者得岁,故先酒贺之;老者失时,故后饮酒。"就是说小孩子过年就长一岁,但老年人过年生命就又少了一岁,晚一点喝,有祝其长寿之意。

正如顾况《岁日作》诗中所说："还丹寂寞羞明镜,手把屠苏让少年。"

屠苏酒是一种药酒,古代汉族有正月初一饮用此酒的风俗,目的是避瘟疫、求健康。屠苏酒据说是由名医华佗配制,其配料有大黄、白术、桂枝、防风、花椒、乌头等中药。

虽然屠苏也是一种植物,但屠苏酒中并没有屠苏。那么屠苏酒之名是怎么来的呢?据唐代韩鄂《岁华纪丽》记载,屠苏是茅舍之名。当时住在这间茅舍里的医生每到除夕夜就给附近的每户人家都送一包草药,并嘱咐他们把草药缝在布袋里,投进井里,第二天早上取井水兑酒,每人喝一杯,一年中就不会得瘟疫。人们不知道这个药方的名字,也不知道这位医生的名字,就只好用医生住的茅舍——屠苏——来给酒命名。

如果说屠苏酒是华佗配制,那么至少在东汉就叮饮用此酒。但新年饮用屠苏酒的习俗应该晚于东汉,但最迟不会晚于南北朝。这一习俗在南朝已有记载,宗懔《荆楚岁时记》:"岁饮屠苏,先幼后长,为幼者贺岁,长者祝寿。"

破五节

科普 //

　　破五节，指正月初五，中国民俗认为过年期间的诸多禁忌过了这天都可破除。过去商店等一般在破五以后才开始营业，民间也有在这一天吃饺子的习俗。破五节是中国历史悠久的传统节日之一。

历史

　　关于破五有两个传说，都和姜子牙的妻子有关。

　　传说，当年封神时，姜子牙的妻子被封为"穷神"。据说姜子牙的妻子嫌贫爱富，经常嫌弃姜子牙太穷。后来姜子牙获得封神资格，他的妻子对他的态度立刻发生了转变，祈求姜子牙也给她封一个神。姜子牙虽然对她的行为不满，但顾念夫妻情分，就给她封了一个"穷神"，也是为了讽刺她嫌贫爱富，并且让她"逢破即归"。因为穷神无庙，所以无人请、无人拜、无人奉香火。正月初四这天，她来找姜子牙，姜子牙就让她到懒人家去住，告诉她说，明天早上太阳升起之前，谁家不起来打扫炕席，谁家就是懒人，就到谁家去住吧。因此，人们为了不让穷神进门，家家户户都在天亮之前就把家里打扫得干干净净，并用白纸剪成女人模样，和打扫出来的垃圾一起扔到外面，这一活动就叫"送穷"。

　　另一个传说是姜子牙在封神的时候，把妻子封为"脏神"，负责管理垃圾、粪土等一切脏东西。脏神自然不招人待见，因此，每年人间在请神的时候也不会请她。姜子牙的妻子觉得很委屈，就去找弥勒佛理论。弥勒佛听完她的诉苦，什么也没说，只是笑笑。脏神见弥勒佛不帮她，就撒泼，并威胁说要找玉皇大帝告状。弥勒佛也怕事情闹大，就安慰她说：不要生气了，我让人间在正月初五这天燃放爆竹，并且破财迎接你，如何？脏神听了十分感激。因此，人们就在正月初五这天，放爆竹，吃饺子，称为"破五"。

　　关于破五还有一种说法是破除五鬼。五鬼指的是智穷鬼、学

诗歌里的传统节日

穷鬼、文穷鬼、命穷鬼、交穷鬼。为了驱赶五鬼，人们就在正月初五这天放爆竹，顺序为先放"二踢脚"，再放鞭炮。"二踢脚"的寓意为一脚踢走穷气，一脚踢走秽气。放鞭炮要用手提着长长一串，在屋里点燃，然后走到外面，寓意是把五鬼从家里赶出去，并且赶得越远越好。有的人家还会用纸或草扎成车、船作为送穷鬼的交通工具。

根据唐代文学家韩愈《送穷文》的说法，穷神有"五穷"，分别是智穷、学穷、文穷、命穷、交穷。人们会在大年三十这天将穷神请到家里，但一到正月初五，立即将他们送走。这也说明至少在唐代已有送穷的习俗。

送穷早已有之，不过直到唐代才成为习俗。人们对穷的认识可以追溯到上古时期，据《五百家注昌黎文集》引洪兴祖注云："予尝见《文宗备问》云：颛顼高辛时，宫中生一子，不着完衣，宫中号为'穷子'。其后正月晦死，宫中葬之，相谓曰：'今日送却穷子。'自尔相承送之。"又唐《四时宝鉴》云："高阳氏子，好衣弊食糜，正月晦，巷死。世作糜，弃破衣，是日祝于巷，曰'除贫也。'"因此，民间有传说穷鬼是颛顼之子，他喜欢穿破破烂烂的衣服，大家都叫他"穷子"。后来祭祀穷子逐渐形成习俗，被称为"送穷子"。

汉代的驱傩疫鬼中包含"贫鬼"，说明当时已有"送穷"。扬雄《逐贫赋》便是借民间驱贫写自己的"贫穷"，通过和"贫"的对话，借"贫"之口表达自己的人生态度和追求。仅通过扬雄这一篇文章无法证实汉代已形成送贫习俗。钱锺书先生在《管锥编》中认为送穷习俗出现于唐代。

唐代送穷送的还是穷鬼。韩愈《送穷文》所写，陈惟岳《送穷图》所画均为穷鬼。唐代送穷多是在正月二十九日进行，俗称"穷九"，也有人认为是在正月晦日，即正月的最后一天，这一天也是穷子去世的日期。送穷是在夜里，要给穷鬼带上干粮，并以酒送之。如果不准备干粮，穷鬼是不会走的。韩愈在《送穷文》中有详细的记载："元和六年正月乙丑晦，主人使奴星结柳作车，缚草为船，载糗舆粮；牛系轭下，引帆上樯；三揖穷鬼而告之曰：'闻子行有日矣，鄙人不敢问所涂，躬具船与车，备载糗粮。日吉时良，利行四方，子饭一盂，子啜一觞，携朋挈俦，去故就新……'"

宋代送穷风俗延续自唐代，不过时间上有所变化，除了正月二十九日，还有正月初六。送穷还与打扫卫生相结合。

明清时期送穷已是破五的一项风俗，而且这时的穷鬼也被尊称为穷神。中原地区有春节期间不扫地、不倒垃圾等，直到正月初五才"送穷"的习俗。山西地区有在正月初五用纸剪小人送穷的习俗。陕西地区有正月初五剪小人和倒剩饭以送穷的习俗。

现在，很多人会在正月初五迎财神，送穷神的风俗则已淡化。

节日活动与习俗

破五意味着很多禁忌可以破除了，不同的地区有不同的破五仪式，主要有送穷、吃饺子、放鞭炮、迎财神等。

送穷

送穷是破五习俗形成过程中相伴始终的一项活动。送穷在发

诗歌里的传统节日

展过程中已在各地形成自己的特色。送穷也被称为"送五穷""送穷土""送穷媳妇出门"等。人们认为在破五之前积累起来的垃圾是沾了福气、财气、喜气的,如果随意倒掉,就把福气、财气、喜气倒掉了,是不吉利的,会影响一年的运气。如果需要扫地,只能从外向里扫,寓意是招财进门。等到正月初五的时候,就可以破五了,这一天一家人都要早早起床,把家里打扫干净,把从初一积累起来的垃圾一起倒掉。到外面倒垃圾的时候可以放鞭炮,以驱赶晦气,这一活动就叫"送穷"。

"送穷媳妇"主要是陕西等地的送穷活动。"穷媳妇"也被称为"五穷妇""五穷娘",多以纸剪成或用纸扎成,纸扎的妇人会背着纸袋。人们把从初一就积累起来的垃圾和屋内的其他秽土、杂物等装入妇人所背的纸袋中,把"穷媳妇"送到宽阔的地方,点火焚烧,并燃放鞭炮,这一活动被称为"送穷媳妇出门"。

送穷主要就是把垃圾作为"穷鬼""穷神"送走,有的地方是燃烧掉,也有的地方除了倒垃圾,还会烧香、敬纸等。除此之外,还会让小孩子把用纸剪的小人拿出去相互交换,把自己家的纸人送给别人,叫作"送走穷媳妇";把别人家的纸人换回来,叫作"得到有福人"。

各地送穷的方式虽然不同,但目的都是为了送走晦气,迎接好运。

吃饺子

很多地方保留了破五吃饺子的习俗。根据传说,姜子牙的妻子脏神找弥勒佛大闹一场后,弥勒佛答应让人间在正月初五这天

破财,为其包饺子、放鞭炮。破五这天包饺子也是为了送脏、送穷,迎接财神。根据有些地方的风俗,人们将面搅成糊状食物吃下,寓意是将不吉利的食物粘掉。天津地区,在剁饺子馅的时候,人们会故意剁得咚咚响,就是为了让天地人神都知道家里在"剁小人",包饺子捏皮时要用双手,称为"捏小人嘴",意思是让小人闭嘴,不说坏话。吃饺子时,要一口吃掉,寓意是吞掉晦气,迎接好运。

放鞭炮

破五放鞭炮往往伴随着其他的活动,如送穷、吃饺子、迎财神等,放鞭炮是为了驱赶穷神,即"崩穷",人们希望能够通过鞭炮声把"穷"和不吉利、不美好的东西全都轰出去,而且轰得越远越好,这样财运才会到家里来。破五放鞭炮寄托了人们的美好愿望。

迎财神

正月初五是财神的生日,所以人们会在这天迎财神。关于财神到底是谁有多种说法,有宋朝皇帝的祖先赵玄坛说,有财帛星君、禄星、比干、范蠡等文财神说,有赵公明、关云长等武财神说。

赵玄坛的名字据说是宋朝皇帝赵恒给取的。赵恒为了稳固江山,说天神给自己托梦,而这位天神是赵家的祖先赵玄坛。后来,赵玄坛就成了道教的神,民间把他当作财神来祭祀。根据道教的传说,他本是终南山人,自秦朝开始就隐居深山,修道成功后,玉皇大帝将其封为"正一玄坛元帅",简称"赵玄坛",也称"赵公元帅"。其职责是驱病消灾,也会替人申冤,主持公道,人们做买卖求财，他也会让人获利，时间长了，人们就把他当作财神了。人们供奉的财神形象是头戴铁帽，手拿铁鞭，黑脸浓须，骑黑虎，身边还有两个神童，一个是招财，一个是进宝。

文财神财帛星君名叫李诡祖，北魏人，曾任曲梁县令，为官清廉，常以俸禄救济百姓。唐高祖李渊将其封为"都天致富财帛星君"。财帛星君鹤发童颜、锦衣玉带，一手持如意，一手持聚宝盆，聚宝盆上写着"招财进宝"。其形象多出现在古代的年画上，清代和民国时期的财神像也是财帛星君。

第二位文财神是福禄寿三星中的禄星。禄星是主管官员俸禄的神，所以被人们奉为财神。福星、寿星和财神原本是扯不上关系的，但幸福、长寿也是人们所期盼的，所以福禄寿三星就被一起供奉了。

第三位文财神是比干。比干也被称为守财真君，是殷商末年商纣王的叔叔，因妲己陷害而被纣王挖心。姜子牙给他饮用符水后虽然没有心却仍活着。后来比干就到民间广散财宝，被人们尊为财神。还有一种说法是天庭在选拔主管天下财库的神时，玉皇大帝认为比干忠诚且无心，不会贪财，就让他做了守财之神。

第四位文财神是范蠡。范蠡本是春秋末期越国大夫，是历史上著名的政治家、军事家、经济学家等。范蠡退出政坛后，经商"致产数十万"，自谓"陶朱公"，被称为"商圣"。范蠡为富而仁，曾广散其财，因此，民间将其奉为文财神。

武财神有两位，一位是赵公明，一位是关云长。赵公明是小说《封神演义》中的人物，即赵玄坛，是道教所信奉的财神。关云长是蜀汉时期著名的将军，红面长髯，也被称为美髯公，与刘备、

张飞桃园三结义,讲信重义,死后受到历代帝王的加封,被民间奉为武财神。

破五一方面要送穷神,另一方面就是要迎财神。迎财神也有讲究,不少地方认为早一点接到财神,就会得到财神更多的庇佑。因此,人们在正月初五这天争先早起,摆供品,放鞭炮,敲锣打鼓迎接财神。清代顾铁卿《清嘉录》引蔡云《竹枝词》云:"五日财源五日求,一年心愿一时酬。提防别处迎神早,隔夜匆匆抢路头。"这描述的就是苏州人迎接财神的情景。诗中提到的"抢路头"就是迎财神,人们担心接财神晚了会惹财神生气,于是便衍生出"抢路头"的习俗。

过去人们生活艰难,尤其渴望得到财神的保佑,因此,迎接财神十分隆重,尤其是做生意的人。如北京地区的"五大供"——整猪、整羊、整鸡、整鸭、整条红色鲤鱼;江南地区祭祀财神的鲤鱼被叫作"元宝鱼",还要吃财神糕、面条,面条长长的,像古代串钱的绳子,寓意是给家里增加"钱串子",也就是财源滚滚之意;苏州地区人们会在商铺上挂红布,寓意生意红红火火,开市交易时老板和店员要一起喝"财神酒"等。

迎财神反映了人们向往、追求富裕生活的愿望。

诗歌里的传统节日

送穷

宋·石延年

世人贪利意非均,交送穷愁与底人。
穷鬼①无归于我去,我心忧道不忧贫。

石延年,字曼卿,一字安仁,别号葆老子。北宋文学家、书法家,著有《石曼卿诗集》。

诗歌里的中国

主旨

这首诗写的是破五送穷的习俗,表达了作者"富贵于我如浮云"的洒脱。

注释

①穷鬼:指贫穷。韩愈《送穷文》提到有五穷鬼。

诗里诗外

石延年虽然有文采,善书法,但仕途不畅。也许是运气不好吧,石延年在宋真宗天禧三年(1019)的科举考试中已经通过了殿试,还被授予了官服,就差去"报到"了。这时有人敲登闻鼓控诉考试不公平,导致石延年到手的功名被追回。此后,石延年就屡试不中,直到十三年之后,在朋友的劝说下,为了养活老母,不得不屈辱地参加特恩试,当了个既没有实权、俸禄也不高的馆阁校勘,主要负责图书编校工作。

石延年一生爱酒,嗜酒如命。当年初到京城,就喝遍开封的酒楼,并结识了与之酒量不相上下的酒友刘潜。后来,有一家酒楼新开业,二人相约前往。二人走进酒楼,也不点菜,只管一杯接一杯地对饮,一直喝到黄昏,而且喝酒过程中也不说话。他们俩的行为震惊了酒楼老板,老板心想这两位的酒量太吓人了,难道是遇到了酒仙?于是让人悄悄送去几个果盘,顺道把酒也换成了上等好酒。

石延年和刘潜就像武侠小说里的高手对决一样,外界之事根本影响不了他们的对饮,老板送的果盘直接被忽略,二人心无旁骛地饮酒,直到酒楼打烊。二人起身告别,各自回家,喝了一天酒竟然毫无醉意,老板在后面看得目瞪口呆。第二天,酒楼来了两位酒仙的事迹就传遍了京城。

石延年喝酒可是喝出不少名堂。石延年后来因上书要求皇太后刘娥将朝政大权归还给宋仁宗而被贬到海州任通判。石延年离京前与酒友刘潜约定一起喝酒。半年后,刘潜赴约。石延年自是好酒招待,二人一壶接着一壶直喝到半夜。这时发现酒缸里酒不多了,而二人才刚喝到兴起,深更半夜也不好惊动衙门送酒,二人发现船上有一坛老醋,于是心生一计,把醋兑入酒缸,继续喝,直喝到天亮。

石延年喝酒还喝出了不少新花样。石延年发明了"鬼饮",所谓鬼饮就是晚上不点灯,在黑咕隆咚的情况下与客人无声对饮,影影绰绰中对方如同鬼影一般。还有一种"鳖饮",就是用茅席做成乌龟壳绑在身上,喝酒的时候伸长脖子把头露出来,喝完再缩回去。也许是理想和抱负无法实现,石延年会一边大声唱着哀悼死者的挽歌,一边痛哭流涕地喝酒,这种喝酒法叫作"了饮"。石延年还发明"囚饮",不知道是不是为了体验人生"最后的酒局",所谓囚饮,就是喝酒时穿上囚服,戴上枷锁,披散头发,不穿鞋袜,如同奔赴法场的死囚。

石延年在《送穷》一诗中虽然表现得"忧道不忧贫",但从其荒诞不经的饮酒方式来看,也许内心并未放下功名利禄,不过是在借酒消愁。

人日节

科普 //

人日节,也叫人日、人节、人胜节、人庆节、人七日等,是中国的传统节日。传说女娲在创造了鸡、狗、猪、羊、牛、马等动物后,于正月初七创造了人类,因此,这一天是人类的生日。古代有人日这天在头上戴"人胜"的习俗。

诗歌里的传统节日

历史

人日历史悠久，是为庆祝人类的诞生而设。传说女娲为创世神，先是创造了世界，然后从初一到初七分别创造了鸡、狗、猪、羊、牛、马、人。当然这只是神话传说，至于人日的产生最迟在汉代已有记载。汉代东方朔有《占书》曰："岁后八日，一日鸡，二日犬，三日豕，四日羊，五日牛，六日马，七日人，八日谷。其日晴，则所生物育，阴则灾。"就是说女娲在创造世界之后的八天里，先是创造了动物，接着造出了人类，第八天造出谷物，如果人日这天天气晴朗，就会人畜两旺，如果天气不好，就会有灾。

从东方朔的记载可以看出，汉代已确定正月初七是人类的生日，但这时人日有没有成为一种节日，有没有形成各种风俗，则不好说，目前还没有发现明确的记载。不过人日作为一种节日最迟在晋代已经形成。晋董勋在《答问礼俗》中说："正月一日为鸡，二日为狗，三日为猪，四日为羊，五日为牛，六日为马，七日为人。正旦画鸡于门，七日贴人于帐。"这里记载的初一在门上画鸡，初七在帐上贴人明显已是当时的风俗。

南朝时期宗懔在《荆楚岁时记》中从饮食、头饰等方面记载了人日的风俗："正月七日为人日。以七种菜为羹，剪彩为人，或镂金箔为人，以贴屏风，亦戴之头鬓。又造华胜以相遗，登高赋诗。"说明南北朝时期，人们在人日这天吃七宝菜羹，用彩纸剪成人形，或镂金箔为人形，贴在屏风上，也有戴在头上的，也有相互赠送的。这一天为了庆祝人日，人们还会登高赋诗。可见，南北朝时期，人日节的庆祝已很隆重。

唐宋时期,人日已成为人人庆祝的重大节日,而且达到鼎盛。唐中宗李显就很重视人日,每到人日,就会大宴群臣,并"赐王公以下彩缕人胜"。最高统治者如此重视,官员自然也少不了作一些应制之诗。如《唐诗纪事》中就收录了不少中宗时期大臣的"应制"诗,如李适的《人日宴大明宫恩赐彩缕人胜应制》:"林香近接宜春苑,山翠遥添献寿杯。向夕凭高风景丽,天文垂耀象昭回。"宗楚客的《奉和人日清晖阁宴群臣遇雪应制》:"窈窕神仙阁,参差云汉间。九重中叶启,七日早春还。太液天为水,蓬莱雪作山。今朝上林树,无处不堪攀。"李峤《人日侍宴大明宫恩赐彩缕人胜应制》:"凤城景色已含韶,人日风光倍觉饶。桂吐半轮迎此夜,蓂开七叶应今朝。鱼猜水冻行犹涩,莺喜春熙弄欲娇。愧奉登高摇彩翰,欣逢御气上丹霄。"等等。

除了应制诗,不少诗人或词人也都写过关于人日的诗词。如唐代高适的《人日寄杜二拾遗》:"人日题诗寄草堂,遥怜故人思故乡。柳条弄色不忍见,梅花满枝空断肠。身在南蕃无所预,心怀百忧复千虑。今年人日空相忆,明年人日知何处。一卧东山三十春,岂知书剑与风尘。龙钟还忝二千石,愧尔东西南北人。"李商隐的《人日即事》:"文王喻复今朝是,子晋吹笙此日同。舜格有苗旬太远,周称流火月难穷。镂金作胜传荆俗,剪彩为人起晋风。独想道衡诗思苦,离家恨得二年中。"宋代贺铸的《雁后归·临江仙 人日席上作》:"巧翦合欢罗胜子,钗头春意翩翩。艳歌浅拜笑嫣然。愿郎宜此酒。行乐驻华年。未是文园多病客,幽襟凄断堪怜。旧游梦挂碧云边。人归落雁后,思发在花前。"

三〇

诗歌里的传统节日

唐宋之后，人日已没有之前兴盛。朝廷不再重视，甚至取消了人日的庆祝活动，文学作品中关于人日的记载也减少。节日习俗也不复当年的盛况。

后来随着元日和上元节的发展，人日更加消沉，近代已几近绝迹。

节日活动和习俗

人日作为人类诞生的节日，是中国的传统节日，为了庆祝人类的诞生，人们会在人日这天举办丰富多彩的庆祝活动，遵守相关的节日习俗。

戴人胜

人日时，女子会用彩纸、丝帛、金银箔等剪成或镂制成小人的形状，戴在头上，也用来贴在屏风上、挂在蚊帐上等。人胜也称为巧胜，剪彩胜、戴人胜寓意是在新的一年里，人们的容颜也会更新。陈无己《立春》："巧胜向人真耐老，衰颜从俗不宜新。"人们在人日这天做人胜，除了自己戴，也会相互赠送。据清褚人获《坚瓠五集卷之二》记载："又人日剪彩为人形，贴帐中及屏风上，戴头鬓，或以相遗。"

吃七宝羹

七宝羹也叫七草羹，人日这天吃七宝羹是一种饮食习俗。七

宝羹是一种用七种蔬菜煮成的羹，吃七宝羹的习俗最迟在南北朝已经形成。据《荆楚岁时记》记载："正月七日为人日。以七种菜为羹……"人们在人日吃七宝羹是为了驱邪治百病，以求健康。各地所食七宝羹所用的菜有所不同，但芹菜、芥菜、葱、蒜等是常用菜，因为芹菜、葱、芥菜有益于健康长寿，蒜谐音"算"，有使人精通算计、聪明之寓意。福建地区的七宝羹用芹菜、菠菜、韭菜、芥菜、荠菜、葱、蒜等做成，广东地区的七宝羹用芥菜、芥蓝、春菜、韭菜、蒜、芹菜、厚瓣菜等做成。

一直到明清时期，有些地方还有吃七宝羹的习俗。清同治年间江西《瑞州府志》卷二记载，人日这天"各以辛菜治羹，曰上七羹，自此男女各勤其职，谚云'吃了上七羹，各人做零星'"。

吃煎饼

人日吃煎饼的习俗主要在北方流行。据晋代郭缘生《述征记》记载："北人此时食煎饼，于庭中作之，云薰天，未知所出。"此后，也多有文献记载这一习俗，不过人日食煎饼的原因未有记载。不过人日是为了纪念人类的生日，人类是女娲创造的，难道是为了感激女娲而为其分担补天之辛劳？此观点乃笔者之猜测，实无依据，仅作茶余饭后之谈资。

占卜

民间有在人日根据天气阴晴来预测一年收成好坏的习俗。对这一习俗的最早记载出现在汉代，是说人日这天天气晴朗，就会五谷丰登，天气不好，农作物就会歉收。杜甫《人日》诗曰："元日至人日，未有不阴时。"在山西，人们会在人日这天夜里点灯、焚香，用熟稷米来祭祀北斗星以祈福，有人还会在门前或地里放一堆谷糠，然后点燃，称为"炙地"，以求丰收。这大概是人日占卜的进一步发展，即使天气不好，也要通过炙烤来改变不好的状况，反映了农业社会人们对农业收成的重视。

登高

过去人们有在人日出游登高赋诗的习俗，这一习俗在晋代已有。南北朝以后，人日登高成为各地的习俗。唐代时，为了庆祝人日，朝廷还会给百官放假一天，不少人趁着放假便到郊外登高出游以放松。韩愈《人日城南登高》便描述了人日登高的习俗："圣朝身不废，佳节古所用。"唐代诗人乔侃也有《人日登高》诗："登高一游目，始觉柳条新。"高适《人日寄杜二拾遗》诗："人日题诗寄草堂，遥怜故人思故乡。"

广东地区尤其重视人日登高的习俗。人们在人日这天登高游玩，饮酒赋诗，还有到庙里拜神，祈求神佑。据欧阳山的历史小说《三家巷》记载，人日这天，好友、知己登白云山品花赋诗，并从众人中选出"人日皇后"，选出的"皇后"会作为主持人，主持当天的活动。

捞鱼生

捞鱼生也叫捞生、鱼生，是流行于新加坡、马来西亚的新年

习俗,在我国南方一些地区,民间也有人日捞鱼生的习俗。捞鱼生就是在人日这天,大家围坐一起,把鱼肉、配料和酱料倒进一个大盘里,大家站起来,用筷子捞动鱼料,还要不断地喊着:"捞啊!捞啊!发啊!发啊!"这一习俗是人们祈求在新的一年里能够有好运、能够发财。

人日新安道中见梅花①

唐·罗隐

长途酒醒腊春寒,嫩蕊香英扑马鞍。
不上寿阳公主②面,怜君开得却无端。

罗隐,本名横,字昭谏,自号江东生,唐代文学家、诗人、辞赋家。罗隐善文,尤精小品,多讽刺现实之作,主要作品有《甲乙集》《谗书》《两同书》等。

主旨

这首诗是作者借咏梅花以自叹,抒发自己科考不顺的郁闷。

注释

①人日新安道中见梅花:这首诗的标题原有小注"其年以徐寇停举",就是写这首诗时,因为战乱,科举停考了。作者本已连续多年参加科考未中,偏又赶上停考,心中自是郁闷。

②寿阳公主:南朝宋武帝刘裕的女儿。《太平御览》载:"宋武帝女寿阳公主人日卧于含章殿檐下。梅花落公主额上,成五出花,拂之不去。皇后留之,看得几时。经三日,洗之乃落。宫女奇其异,竞效之。今梅花妆是也。"李商隐《蝶三首》:"寿阳公主嫁时妆,八字宫眉捧额黄。"

诗里诗外

在中国传统文化中,梅花是高洁、坚韧、不屈、孤傲的象征,还与兰花、竹子、菊花一起被称为四君子。苏轼在《红梅三首》其一中称赞梅花:"诗老不知梅格在,更看绿叶与青枝。"梅花除了孤傲和谦逊的品格,还有浪漫的一面。

南朝宋武帝的女儿寿阳公主在人日这天躺在含章殿檐下,梅

诗歌里的传统节日

花飘落在公主的额头上，并留下了五片花瓣的痕迹，擦拭不掉。公主也因这花痕显得更加娇媚。皇后见了也是十分喜欢，就让公主特意保留花痕，看能持续多久。三天后，才用水洗掉。此后，寿阳公主常将梅花贴于额头，宫女也都纷纷效仿寿阳公主。这就是梅花妆。

后来，梅花妆传入民间，有钱人家的女儿纷纷效仿。梅花有一定的季节性，不是天天有，于是有人就采集花粉调制成粉料，用来化妆，被称为"花黄"或"额花"。寿阳公主被后人尊为"正月花神"，也就是"梅花神"。

梅花妆和寿阳公主也成了历代文人墨客常用的典故。如杨亿《少年游》："寿阳妆罢，冰姿玉态，的的写天真。"黄庭坚《虞美人》："玉台弄粉花应妒，飘到眉心住。"汪藻《醉落魄·一斛珠》："小舟帘隙，佳人半露梅妆额，绿云低映花如刻。恰似秋宵，一半银蟾白。"

曹雪芹在《红楼梦》中将梅花妆化用在了史湘云身上。《红楼梦》第六十二回"憨湘云醉眠芍药裀，呆香菱情解石榴裙"中写道："湘云卧于山石僻处一个石凳子上，业经香梦沉酣，四面芍药花飞了一身，满头脸衣襟上皆是红香散乱，手中的扇子在地下，也半被落花埋了，一群蜂蝶闹穰穰的围着他，又用鲛帕包了一包芍药花瓣枕着。众人看了，又是爱，又是笑，忙上来推唤挽扶。湘云口内犹作睡语说酒令，唧唧嘟嘟说：泉香而酒冽，玉碗盛来琥珀光，直饮到梅梢月上，醉扶归，却为宜会亲友。众人笑推他……湘云慢启秋波，见了众人，低头看了一看自己，方知是醉了。"

寿阳公主是卧于含章殿檐下，史湘云是醉卧石凳上，梅花飘落在寿阳公主额头，芍药花则是落了史湘云满头脸衣襟上。一朵梅花衬托了寿阳公主的娇媚，满身落花则写出了湘云醉卧的憨态可掬。曹雪芹的这段描写有异曲同工之妙。

元宵节

科普 //

　　元宵节，又叫上元节，是我国传统节日之一，民间俗称灯节。元宵节之所以称为上元节，是根据道教"三元"的说法，古代以正月十五为上元、七月十五为中元、十月十五为下元，合称一年三元。正月十五是一年中第一个月圆之夜，所以也被称为元宵节。元宵节是传统春节节日的最后一日，也是一年新的开始。

诗歌里的中国

历史

　　元宵节作为我国的传统节日，其形成有一个漫长的过程。关于元宵节的起源，有多种说法。有神话传说，有起源于汉朝说，有起源于道教说，有起源于佛教说等。

　　神话传说有两种。一种说法是天庭有一条小青龙，看到人间干旱，而玉帝又久醉不醒，就偷偷降下一场大雨。玉帝醒后，怪罪小青龙擅作主张，就将它贬到人间，囚禁在一个黑水湖中。来到人间的小青龙见识到更多的人间疾苦，于是便用湖水帮助人们浇灌庄稼。这次，玉帝被彻底激怒，就让雷公劈死了小青龙。后来，在一位老人的帮助下，小青龙转世，叫龙生。龙生得知玉帝要在正月十五夜里降天火了人间，就告诉人们在门口悬挂灯笼，假装人间已着火，骗过了玉帝。玉帝得知真相后，再次杀害了龙生。人们为了纪念龙生，就在正月十五日夜晚燃灯，后来这一活动就演变成了元宵节。

　　另一种说法与此类似，是说天上的神鸟被人间的猎人射杀。玉帝震怒，要惩罚人类，就在正月十五日派天兵下到人间。一位好心的神仙冒死告诉百姓，让人们在这天晚上燃灯、放鞭炮，骗过玉帝。

　　元宵节起源于汉朝说也有两种说法。一种说法是吕后死后，高祖时期的一批大臣周勃、陈平等一举扫除吕氏势力，拥立刘恒为帝，即汉文帝。文帝即位后，采纳众臣建议，广施仁政，让百姓休养生息，使汉朝逐渐强盛起来。扫除吕氏势力是在正月十五日，

诗歌里的传统节日

以后每年的这天晚上，文帝就出宫微服私访，以示纪念。在古代，正月又叫元月，汉文帝便将正月十五改为元宵节。这时，元宵节的主要习俗是放灯，这一习俗延续至今。

另一种说法是汉武帝时期，有一个叫"元宵"的宫女，因思念父母，偷偷躲在御花园哭泣，被前来折梅花的东方朔碰见。问明缘由后，东方朔决定帮助宫女。东方朔就到宫外摆了一个摊位，帮人占卜。但每个人占卜的结果都一样：正月十六火焚身。一时间，长安会遭火灾的消息传开了，人们很恐慌，向东方朔寻求破解之法。东方朔告诉人们正月十五傍晚有红衣女神下凡，她会给长安带来火灾，如要破解，当今皇上或许有办法。然后留下了一张"长安在劫，火焚帝阙，十五天火，焰红宵夜"的偈语。有人将这张偈语送进了皇宫。汉武帝看后也希望足智多谋的东方朔能想出解决办法。东方朔看后假装思考良久，才慢慢开口道："传说火神爱吃汤圆，宫女里不是有个叫元宵的经常给皇上您做汤圆吃吗？可以让元宵在正月十五的晚上给您做一份汤圆，您亲自焚香上供。另外，再让城内家家户户都做汤圆敬奉火神，同时在家里挂上灯笼，全城百姓都放烟火，让天上的神仙误以为人间真的着火了。再派人通知城外的百姓进城观灯，便可躲过灾难。"汉武帝相信了东方朔的话，立刻传令下去让人按照东方朔的办法去做。在元宵节的晚上，元宵姑娘也见到了日夜思念的家人。

道教起源说源于道教的"三元说"。三元是道教里的三位神仙，分别是天官、地官、水官，三元各司其职，天官赐福，地官赦罪，水官解厄。到魏晋时期，三官与时日节候相配，正月十五是上元日，七月十五是中元日，十月十五是下元日，天官掌上元，地官掌中元，

◆清升平乐事图　白象花灯

水官掌下元。为了表示对天官的尊敬，就在正月十五日夜燃灯庆贺。后来这种在正月十五燃灯的习俗流传到民间，逐渐形成元宵节习俗。

佛教起源说源于东汉时期佛教的东传。佛教有正月十五日燃灯纪念佛陀神变的仪式。汉代永平年间，汉明帝为了弘扬佛法，下令正月十五的晚上在宫中和寺院"燃灯表佛"。此后，元宵燃灯的习俗从宫廷传到民间，每至正月十五，家家户户点燃花灯，城市灯火通明，街上行人络绎不绝，直至宵禁。

关于元宵节的起源说法较多，不管哪种说法，基本可以确定的是元宵节最迟在汉代已经形成固定的时间和庆祝活动。汉代虽有燃灯等元宵节的传统习俗活动，但这时元宵节的名称还未真正形成，还叫作正月十五，或者月望。隋代之后，才有元夕、元夜之名。唐代初年，称作上元节，唐末才叫元宵节。宋代又叫作灯夕。清代时，又称作灯节。近代以来，才正式称为元宵节。

元宵节活动在汉代还主要是官府和寺庙在燃灯庆贺，不过，汉代准许百姓观灯。汉代实行宵禁制度，也就是夜间不能随意出行。中国古代很早便有宵禁制度，据《周礼·秋官司寇·司寤氏》记载："掌夜时。以星分夜，以诏夜士夜禁。御晨行者，禁宵行者、夜游者。"汉代时也实行宵禁制度，这一制度由执金吾负责执行。在元宵节及前后两天晚上，百姓可以自由出行。

元宵节在隋代开始盛行，之后庆祝活动越来越盛大。据《隋书·音乐志》记载："每岁正月，万国来朝，留至十五日。于端门外，建国门内，绵亘八里，列为戏场。"庆贺元宵的戏场绵延八里，可见当时活动之盛大。隋代元宵节活动持续时间长，参与人数多，

诗歌里的中国

歌舞人员都有三万多人,一直持续到正月三十日才结束。

元宵节活动在唐代更加盛大。唐代为了庆祝元宵节,弛禁三日,以方便百姓过节。中唐以后,元宵节更是演变成全民性的狂欢节日。唐代诗人崔液在《上元夜六首》其一中写道:"玉漏银壶且莫催,铁关金锁彻明开。谁家见月能闲坐,何处闻灯不看来?"张祜的《正月十五夜灯》:"千门开锁万灯明,正月中旬动帝京。三百内人连袖舞,一时天上著词声。"

到了宋代,朝堂内外都极为重视元宵节。唐代规定灯会时间是"上元前后各一日",而宋太祖下令将灯节延长至五天。元宵节期间,灯会盛景空前,据《东京梦华录》记载:"灯山上彩,金碧相射,锦绣交辉。"

明清时期,灯会不再通宵达旦,往往二更天就结束了,但是明代元宵从初八足足延长至十八,有十天之久。明代元宵节不仅夜晚举行灯会,白天也相当热闹,出现了一种特别的集市,叫作"灯市"。灯市是一个特殊的场所,白天是市场,晚上是灯会,各地的奇异特产、历代的珍贵古董乃至各种生活用品都汇聚于此,人山人海,热闹非凡。

节日活动和习俗

元宵节作为中国的传统节日,其形成便是源于燃灯的习俗,因此,元宵节最主要的活动就是燃灯及花灯表演,此外还有猜灯谜、放烟花、迎紫姑、走百病、吃元宵等。

诗歌里的传统节日

放花灯

元宵节也叫灯节,燃灯、观灯成为元宵节最为重要的活动。燃灯自魏晋南北朝时便逐渐形成一种风气,宫中每到元宵节,就会张灯结彩。隋唐时期,花灯种类增多,燃灯时间延长,规模盛大,空前热闹。中唐时期,长安街上出现了燃灯五万盏的盛况,还出现了灯楼、灯轮和灯树等,这时长安城的夜晚真的是"火树银花不夜天"。花灯样式繁多,有龙灯、宫灯、纱灯、莲花灯、无骨灯、走马灯等,如辛弃疾的《青玉案·元夕》:"凤箫声动,玉壶光转,一夜鱼龙舞。"这里的"鱼龙"就是指鱼形、龙形的彩灯。

由燃灯发展起来的相关活动还有耍龙灯、舞狮子等。

猜灯谜

猜灯谜是伴随着观灯而发展起来的一项娱乐活动。灯谜是由谜语发展而来的。元宵赏灯之时,将谜面写在灯上,烛光映照得以显现,陈列在路边竹架子上,以供来往的行人驻足猜度,所以叫作灯谜。彩头往往是一些漂亮的装饰物或者精美的花灯。《武林旧事》记载:"以绢灯剪写诗词,时寓讥笑,及画人物,藏头隐语,及旧京诨语,戏弄行人。"这项习俗受到了社会各阶层人的喜爱,流传至今,如今每逢元宵节,人们还是会举办猜灯谜的活动。

放烟花

元宵节放烟花的活动源于烟火表演。这种活动出现在明代,也叫"放盒子"。《帝京景物略》记载当时燃放烟火的情景:"(烟火则以架以盒,架高且丈,盒层至五,其所藏械:寿带、葡萄架、

珍珠帘、长明塔等。)于斯时也,丝竹肉声,不辨拍煞,光影五色,照人无妍媸,烟胃尘笼,月不得明,露不得下。"可见,当时的烟火盒子可以制成各种形状,点燃后色彩斑斓,噼啪作响,烟尘四起,遮天蔽月。

清代的烟花种类更加丰富,烟花制作工艺也更加精巧,潘荣陛《帝京岁时纪胜》记载:"烟火花炮之制,京师极尽工巧。有锦盒一具内装成数出故事者,人物像生,翎毛花草,曲尽妆颜之妙。"烟花点燃后,能够先后燃放出不同的人物故事,栩栩如生。富察敦崇《燕京岁时记》中记载的花炮名目有线穿牡丹、水浇莲、金盘落月、葡萄架、二踢脚、飞天十响、五鬼闹判儿、天地灯等近二十种。"富室豪门,争相购买,银花火树,光彩照人,车马喧阗,笙歌聒耳。"

迎紫姑

紫姑也叫戚姑、厕姑等,是古代的厕神。古代民间有正月十五迎紫姑而祭、占卜蚕桑的习俗。据说紫姑原是小妾,被正室夫人嫉妒,不但要干很多活儿,还经常被打,后来在正月十五这天被害死在厕所。天帝念其可怜,就将其封为厕神。后来,每到正月十五日,人们用草或布扎成人形,在夜晚到厕所或者猪栏边迎接紫姑。

人们迎紫姑是为了占卜蚕桑和众事。据南朝《荆楚岁时记》记载:"十五日,其夕迎紫姑,以卜将来蚕桑,并占众事。"迎紫姑主要是占卜蚕桑事,所以多是女子迎紫姑。

走百病

走百病也叫游百病、散百病、走桥等，是明清以来北方的元宵节习俗。走百病的活动多是妇女参与，是一种避灾求福的民俗活动。据康熙《大兴县志》记载："元宵前后，赏灯夜饮，金吾禁弛。民间击太平鼓，跳百索，妇女结伴游行过津梁，曰：'走百病'。"参加走百病的妇女一般多人一起出行，见到桥就要走过去，而且在走百病时，还要"摸钉"。"钉"谐音人丁之丁，摸钉是为了祈求家中人丁兴旺。

吃元宵

元宵节吃汤圆的习俗是在宋朝兴起的。周必大在《平园续稿》中记载："元宵煮浮圆子，前辈似未曾赋此。"浮圆子也就是汤圆，但前人并没有为这种食物作诗赋词。《岁时广记》中将汤圆称为"元子"，还有"煮糯为丸，糖为臛，谓之圆子"的记载。明朝《皇明通纪》里对汤圆的记载更为具体："以糯米粉包糖，如弹，水煮熟，为点心，一名糖圆。"

清代诗人李调元在《元宵》一诗中描写了元宵节热闹的场景："元宵争看采莲船，宝马香车拾坠钿。风雨夜深人散尽，孤灯犹唤卖汤圆。"在夜深人散后，依然有人在叫卖汤圆。

在吃元宵习俗出现之前，元宵节主要的节日食品是"面蚕"，元宵节吃面蚕的习俗到宋代还有遗留。面蚕是一种什么样的食品呢？吕原明在《岁时杂记》中有详细的记载："京人以绿豆粉为科斗羹，煮糯为丸，糖为臛，谓之圆子。盐豉、捻头、杂肉煮汤，谓之盐豉汤，又如人日造蚕，皆上元节食也。"

鹧鸪天·元宵后独酌

明·杨慎

千点寒梅晓角①中，一番春信画楼东。
收灯庭院迟迟月，落索②秋千翦翦风。
鱼雁③杳，水云重，异乡节序恨匆匆。
当歌幸有金陵子④，翠斝⑤清尊莫放空。

杨慎，字用修，初号月溪、升庵，又号逸史氏、博南山人、洞天真逸、滇南戍史、金马碧鸡老兵等，明代文学家、学者，位居明代三才子之首。其作品被后人辑为《升庵集》。

诗歌里的传统节日

主旨

这是一首思乡之词,以早春夜晚之清寒衬托思乡之愁绪。

注释

①晓角:报晓的号角声。唐戎昱《桂州腊夜》:"晓角分残漏,孤灯落碎花。"
②落索:冷落,萧索。
③鱼雁:书信。宋袁去华《相思引》:"春老菖蒲花未著,路长鱼雁信难传。"宋晏几道《生查子》:"关山魂梦长,鱼雁音尘少。"
④金陵子:歌女。
⑤斝(jiǎ):古代盛酒的器具,圆口,口上有两柱,三足。唐赵光远《咏手二首》其一:"薄雾袖中拈玉斝,斜阳屏上撚青丝。"南宋陆游《岁首书事二首》其二:"春盘未抹青丝菜,寿斝先酬白发儿。"

诗里诗外

杨慎不管是家世还是才学都很不错,父亲杨廷和乃东阁大学士。杨慎二十四岁便状元及第,但在嘉靖三年(1524)卷入了"大礼议"事件,遭到两次廷杖,却大难不死,被流放到云南永昌卫,中间虽有往返,但一直到去世,也未能真正回到家乡。

杨慎与妻子黄娥的感情并未因流放而生变。嘉靖三年(1524)十二月，黄娥陪伴护送遭遇两次廷杖而大难不死、身戴枷锁的丈夫前去云南戍所。行至江陵驿站时，杨慎看着疲惫不堪的妻子，不忍再让她相送，就劝妻子回四川老家。分别时，杨慎为妻子写了一首《临江仙》：

楚塞巴山横渡口，行人莫上江楼。征骖去棹两悠悠，相看临远水，独自上孤舟。

却羡多情沙上鸟，双飞双宿河洲。今宵明月为谁留？团团清影好，偏照别离愁。

词中有独自远去的孤独，有与妻子分别的心酸，有对沙上多情鸟的羡慕，短短数语，勾画出满怀离愁。

黄娥在回到老家后，看到家乡景物依旧，但家中已物是人非，不禁悲从中来，写下一首《寄外》：

雁飞曾不度衡阳，锦字何由寄永昌？三春花柳妾薄命，六诏风烟君断肠。

曰归曰归愁岁暮，其雨其雨怨朝阳。相闻空有刀镮约，何日金鸡下夜郎？

黄娥在诗中表达了对丈夫的思念，感情真挚。

从二人来往的诗词中可以看出他们对彼此的深情，但也只能在思念中守望着这份感情，借鱼雁传尺素。

填仓节

科普 //

　　填仓节，也叫天仓节，是为纪念仓王爷而形成的民间传统节日，在每年的正月二十五日。填仓节在民间有大小之分，小填仓在农历正月二十，大填仓在农历正月二十五。填仓节是为了祈求新的一年五谷丰登。

历史

　　填仓节是一个具有农耕色彩的传统节日，源于对仓神的祭拜。仓神就是喜好耕种的谷神后稷，后稷由其母感应而生，长大后，善于耕种，乃农耕始祖，五谷之神，被奉为仓神。还有一个说法说仓神是仓颉的哥哥。夏朝少康年间，还是公有制，所有物品都是统一管理和分配，管理粮食的人恰好姓仓，是仓颉的哥哥，因此就叫仓官。有一年，大旱，仓官就开仓放粮，救活了百姓，自己却在正月二十五日饿死了。后人将他尊为仓神。不过，这个说法未免荒诞不经。仓颉是传说中黄帝时的史官，其生活的年代与夏朝少康年间相距甚远。

　　《晋书·天文志》则认为仓神的原型为仓星："天仓六星，在娄南，仓谷所藏也。"后来，仓神逐渐被人格化，并被附会了一些历史人物的形象。

　　《燕京旧俗志·岁时篇·添仓》记载："相传仓神为西汉开国元勋韩信，俗称之曰韩王爷……其神像系一青年英俊者，王盔龙袍，颇具一种雍容华贵之象。"从这段记载可以看出，仓神为汉代的大将韩信，而且还有神像，长相英俊，头戴王盔，身穿龙袍。

　　还有说仓官是汉代的淳于衍。据说淳于衍曾做过管理粮仓的官，后被人陷害入狱，他的女儿上诉，最终洗脱冤屈。人们为了纪念他，将正月二十五定为填仓节。不过史书记载的淳于衍是汉代一位没有医德的女医生。

　　另有一个李姓仓官，但没有留下具体名字。其说法是北方连年干旱，人们颗粒无收。皇帝不但不管百姓的死活还强征粮食。很多穷人都快饿死了，哪里有粮食上缴。负责给皇帝看管粮仓的仓官偷偷打开粮仓放粮，救济百姓，并在正月二十五日这天放火焚烧粮仓，为了躲避皇帝的惩罚，自己也在火中丧生。人们为了纪念这位好心的仓官，就在每年的正月二十五日，用草木灰撒成圆形的粮仓的形状，在中间撒上五谷，以象征五谷丰登，表达对仓官的敬意。

还有一种说法是，在宋代以前，填仓节也叫天穿节，据说是女娲补天的日子。南朝《荆楚岁时记》载："江南俗正月三十日为补天日，以红丝缕系煎饼置屋上，谓之补天穿。"也就是说在江南地区，以正月三十日为补天日，这天用红丝带系着煎饼放在屋顶上，意为补天。清俞正燮《癸巳存稿》："江东俗正月二十四日为天穿。"可见，天穿日的时间并不是固定的。

明代陆启浤在《北京岁华记》中记载："二十五日，人家市牛羊豕肉，恣餐竟日，客至苦留，必尽饱而去，谓之填仓。"在填仓节这天，如有客人，主人必定尽力挽留，让其吃饱才能离开，大概是填满"谷仓"的吉祥之意。

清代时，填仓节较为隆重。粮商、米贩要祭祀仓神，百姓也有祭祀的，但即便不祭祀，也一定会烹制丰盛的食物慰劳家人。据《燕京岁时记》记载："每至二十五日，粮商米贩致祭仓神，鞭炮最盛。居民不尽致祭，然必烹治饮食以劳家人，谓之填仓。"

节日活动和习俗

填仓节作为民间传统节日,与百姓的生活息息相关,历来受到百姓的重视,因此,民间有许多节日活动,如祭奠仓官、填仓、压仓、画仓、禁止外借、制作节日食品等。

祭奠仓官

祭奠仓官是填仓节的一项重要活动和习俗。为了纪念仓官,人们在正月二十五日这天举行祭祀仓官的活动。尤其是从事米面粮食行业的人,会大摆筵席,请戏班演戏酬神,在填仓节的晚上还会燃放烟花鞭炮以庆贺。因韩信曾"明修栈道,暗度陈仓",民间将其奉为仓神进行祭拜。不过这种祭祀并没有统一的标准,有的人家祭萧何,还有的祭刘晏等。这种祭祀一般是在仓官的画像下面焚香、点灯,并且还会念一些祷告词,如"点遍灯、烧遍香,家家粮食填满仓"之类,大致是祈求丰收、希望生活富裕的话语。

填仓

填仓的意思是将粮仓填满。过去农业生产水平不高,粮食产量有限,一般到年底粮仓就快要空了,因此需要填充。正如《帝京岁时纪胜》所载:"当此新正节过,仓廪为虚,应复置而实之,故名其日曰填仓。"这是填仓的本意。因此,各粮行会在填仓节这天购买粮食,填充仓库。同行之间相互祝贺,十分热闹。

由填仓本意还引申出以肚子为仓,改善伙食的填仓。如谚语云:

"填仓,填仓,小米干饭杂面汤。"就是说饮食丰富,填饱肚子这座"粮仓"。有些人家吃饭"填仓"之前还要焚香放鞭炮以祭神。

此外,有的人家在填仓节这天还要将水缸添满,要担土、担煤等,也是期盼丰年的一种习俗。

画仓、压仓

画仓就是用灶里烧火后的灰在地上画一个粮仓的形状,在中间放上五谷,象征着五谷丰登。一般是在院子里或者大门外的空地上撒灰画粮仓,画粮仓的时候还要说"大仓满,小仓流,一年丰收好兆头"等祈求丰收的吉祥话。粮仓画好后,还要在中间用石头或砖头压住,意为把粮仓盖住,叫压仓。

禁止外借

填仓节这天,民间形成了不向别人借东西,也不借东西给别人的习俗。人们都希望填仓节这天能往家里收进东西,如添粮、添水、添煤等。在过去,人们忌讳在这天卖粮食。但粮行喜欢在此日收购粮食,因此,对前来卖粮的人格外热情,还要设宴招待。

节日食俗

各地填仓节的食俗不同,但主要都是为了祈求风调雨顺、丰衣足食。如天津地区有"填仓,填仓,吃米饭,熬鱼汤"的说法,这天要吃米饭,喝鱼汤。山东有的地方要吃糕,这种糕叫作"扬风糕";有吃面条的,面条汤里放些白菜,白菜谐音"百财",寓意是招财、聚财、连年丰收等。山西有些地区会用面给家里每个

诗歌里的中国

人都捏一盏本命灯，还要捏狗、鸡、鱼、仓官老爷、元宝、银钱、酒壶、驮炭毛驴等。晚上，把面灯加油点燃，放在各个房间里，放灯时要说"仓官老爷送粮来"等吉祥话。

除了以上常见的活动和习俗，东北地区还将填仓节称为雨灯节，因用面灯预测一年中的雨水情况，故得名。就是用面捏十二个灯，每个灯的顶端捏一个灯盏，灯盏边缘根据月份捏豁口，几月就捏几个。面灯蒸熟后，看灯盏里积的水汽情况，哪个水多，说明哪个月雨水多，以此作为安排种植和丰收的依据。这种做法虽然没有科学依据，但反映了人们希望通过自己的努力获得丰收的愿望。

正月二十日填仓诗

清·孔尚任

是日闭门饱食,曰填仓,可厌鼠耗。或用二十五日。

西京风俗重填仓,早发厨烟万户忙。
不教千钟①饱旧鼠,须将五谷换新肠。
空囊积宇何堪煮,瘦腹堆愁未可量。
恰馆平原为食客,随人哺啜②亦无妨。

孔尚任,字聘之,又字季重,号东塘,别号岸堂,自称云亭山人。清初诗人、戏曲家,其代表作品为传奇剧《桃花扇》。

主旨

这首诗描写的是填仓节风俗,虽然感叹自己的贫困,但已能淡然处之。

注释

①千钟:指粮食多。《史记·货殖列传》:"屠牛羊彘千皮,贩谷粜千钟,薪稿千车。"
②哺啜:吃喝。苏辙《腊雪五首》其四:"耕耘终亦饱,哺啜定谁邀?"

诗里诗外

孔尚任在诗中将自己比作食客,一方面感叹自己的贫苦生活,另一方面也表明现在已无意于仕途,甘于平淡。然而历史上真实的食客是一个怎样的群体呢?食客就是古时依附、寄食在豪门贵族帮忙帮闲的门客。食客产生于春秋战国时期,那是一个群雄争霸、动荡不安的时代。

当时供养食客较多的有战国时期的信陵君、孟尝君、平原君、春申君以及吕不韦,号称食客数千。这些人不仅有雄厚的经济实力,还有较多的政治资源,否则也吸引不到那么多食客前来投奔。《史记·魏公子列传》:"公子为人仁而下士,士无贤不肖皆谦而礼交之，不敢以其富贵骄士。士以此方数千里争往归之，致食客三千人。"魏公子靠自己的人格魅力吸引了周围数千里的食客归附。秦国作为实力强国，竟没有其他四国的食客多，吕不韦很是不服气，因此，提高食客的待遇，也招致食客三千。《秦并六国平话》有载："吕不韦以秦之强，羞不如四国，亦招致士厚遇之，至食客三千人。"可见，春秋战国时期，食客选择主人也是会衡量利弊的，也会为自己的前途考量；主人对食客的招揽也是对人才的招揽。

食客之所以选择主人，是因为食客也在为自己谋前途，当然也有无所求、只为报知遇之恩的。据《史记·春申君列传》记载，李园做食客就是为了实现自己步入仕途的目的。李园得知楚考烈王无子，想把自己的妹妹献给考烈王，但他这个级别是接触不到楚王的。于是，他主动到春申君门下做食客，后来制造机会，把妹妹献给了春申君。在妹妹怀孕后，他鼓动妹妹说服春申君把她献给楚王。李园的妹妹得到楚王的宠幸生子后，自然成了王后，李园成了国舅，实现了自己筹谋已久的计划。

食客作为春秋战国时期的一个特殊群体，他们或才华横溢，或有勇有谋，或有傍身之技，或德行有嘉。他们曾经在历史上留下过灿烂的一笔。

中和节

科普 //

  中和节,设立于唐代,是中国传统民间节日,在农历二月初一。中和节在元旦和上巳之间,因气候温和,故称中和。白居易在《中和节颂并序》中说:"中者,揆三阳之中;和者,酌二气之和……以畅中气,以播和风。"2011年,中和节经国务院批准被列入第三批国家级非物质文化遗产名录。

诗歌里的传统节日

历史

中和节始于唐代，由德宗李适倡导，宰相李泌做出具体方案。中和节的设立在《旧唐书》《新唐书》中均有记载。

据《旧唐书·德宗纪》记载："朕以春方发生，候及仲月，勾萌毕达，天地和同，俾其昭苏，宜助畅茂。自今宜以二月一日为中和节，以代正月晦日，备三令节数，内外官司休假一日。"唐德宗李适认为二月万物复苏，天气转暖，应该在二月初一设立中和节，代替正月晦日，这天官员可以放假一天。于是，德宗就征求宰相李泌的意见。

据《新唐书·李泌传》记载："帝以'前世上巳、九日，皆大宴集，而寒食多与上巳同时，欲以二月名节，自我为古，若何而可？'泌谓：'废正月晦，以二月朔为中和节，因赐大臣戚里尺，谓之裁度。民间以青囊盛百谷瓜果种相问遗，号为献生子。里闾酿宜春酒，以祭勾芒神，祈丰年。百官进农书，以示务本。'帝悦，乃著令，与上巳、九日为三令节，中外皆赐缯钱燕会。"《新唐书》记载是李泌提出"废正月晦，以二月朔为中和节"，当然具体的节令活动还是李泌提出的。

李泌查阅过去的节令资料，建议德宗皇帝废除正月晦日的节令，改贞元五年（789）二月初一为中和节；皇帝给群臣赐宴，并赏赐尺子，以示裁度；百姓用青色袋子装上各种谷物和瓜果种子相互赠送，称为献生子；村社酿造宜春酒祭祀句芒神，祈求丰收；百官进献农书，以示务本等。德宗皇帝对李泌的建议非常满意，

全部采纳,并且下旨全国颁行,这一天官员还可以放一天假。

宋代时,皇帝身着礼服,接受百官进献农书已经形成一项制度,并伴随着一定的仪式。献书仪式结束后,皇帝还要到后宫和皇后、妃嫔、皇子、公主一起宴饮等。城中男女还会相约到郊外探春、祭祖等。不过,宋代以后,中和节就不那么盛行了。

清朝时期,中和节已没有唐代那么兴盛,而且兴起了吃太阳糕的习俗,因此,这时的中和节也被叫作"太阳节"。

由于中和节的第二天就是二月二,后来便有不少人将二者混为一谈,中和节也逐渐不被人重视。

节日活动和习俗

中和节的节日习俗和活动主要是唐德宗时期的宰相李泌根据古代节令所制定的,其内容主要有进献农书、举办宴会、赐尺赐衣、献生子、祭祀等。

进献农书

中国古代以农业为本,上自天子,下至百姓,都很重视农业生产。中和节进献农书有利于指导农业生产,具有重要意义。这种做法受到朝廷的重视、百姓的欢迎。中和节这天,皇帝要举行耕种仪式,象征着春耕的开始,也有劝农勤于耕种的意义。唐代文学家柳宗元在《进农书状》中就对进献农书给予了极高的评价:"勤劳率下,超迈古先。"贞元十九年(803)的科考题目甚至与中和节献农书相关,可见这一活动在唐代的盛行。

举办宴会

中和节这天百官放假休息,不用再去上朝、不用处理公务。皇帝还会赏钱给官员举办宴会。如贞元六年(790)的中和节,百官就在曲江亭举行集会,皇上还作了一首《中和节赐群臣宴赋七韵》。从文献记载可以看出,除非特殊情况,皇帝一般都会在中和节宴饮群臣。宴会自然少不了饮酒赋诗、歌舞娱乐,如王建就在《宫词》中描述了中和节彻夜歌舞的盛况:"殿前明日中和节,连夜琼林散舞衣。"

中和节建节十周年的庆祝宴会上,更是热闹非凡:"上御麟德殿,宴文武百僚,初奏《破阵乐》,遍奏《九部乐》,及宫中歌舞妓十数人列于庭。先是,上制《中和乐舞曲》,是日奏之,日晏方罢。……上又赋《中春麟德殿宴群臣诗》八韵,群臣颁赐有差。"皇帝亲临麟德殿,大宴文武百官,先是演奏《破阵乐》,然后将《九部乐》全部演奏一遍,宫中歌伎、舞伎在宴会厅侍候。皇上还制作了舞曲、写了诗等,乐舞场面盛大,直到宴会结束。

赐尺赐衣

李泌制定的中和节活动中有一条"赐大臣戚里尺",就是皇帝给大臣赏赐尺子,以示裁度。这是表达皇帝希望臣子们秉公办事、正当行使权力、权衡协调好各种关系的良好愿望。农历二月昼夜基本等长,这时比较适合校准度量衡。掌握准确的度量衡在农业社会尤其重要,因此,赏赐大臣尺子是对这一传统的重视和传承。

在中唐以前，中尚署令已有每年二月二日献"镂牙尺"和"木画紫檀尺"的规定。唐代大臣吕颂在《谢赐春衣及牙尺表》中记载了这一活动："伏蒙圣恩慰劳，并赐臣手诏及春衣两副，金缕牙尺一面，大将衣若干者。"

献生子

献生子是针对普通百姓的中和节活动，就是人们在中和节这天，用青色的袋子装上谷物、瓜果的种子相互赠送。献生子在中和节盛行的时候不但在民间流行，而且在宫中也流行，如五代南唐的尉迟枢在《南楚新闻》中说："李泌谓以二月一日为中和节，人家以青囊盛百谷果实，更相馈遗，务极新巧，宫中亦然，谓之献生子。"这说明直到五代宫中也流行献生子这一活动。宋代时，这一活动民间尚有，宫中可能已经不再有，吴自牧在《梦粱录》中只提到"民间尚以青囊盛百谷、瓜、果子种，互相遗送"，并未提宫中是否也有献生子的活动。明代田汝成在《西湖游览志余·熙朝乐事》中提到献生子，认为明代宫中已经不再举办中和节活动，不过民间还有献生子的习俗。

祭祀

中和节的祭祀活动主要是祭祀日神、春神，宋代时增加了祭祀孔子等。中国古代就有祭祀日神和春神的传统，不过是在唐代确定在中和节这天祭祀。对于日神的祭拜可以追溯到殷商时期。日神指的是羲和，有人认为羲和是太阳之母，有人认为羲和是太阳的车夫，《尚书》认为羲和是制定天文历法之人。不管羲和是谁，

诗歌里的传统节日

都和太阳有一定关系,在农耕社会,太阳的光和热对农业生产的重要性不言而喻,因此,人们祭祀日神是对日神的崇拜,对丰收的期盼。

祭祀日神时,可以供奉太阳糕。这种糕以糯米制成,上面印有太阳和鸡的图案。

句芒是古代民间神话中的木神、春神,掌管草木的萌发和生长,主管农事。周代就有祭祀句芒神的仪式了,人们祭祀句芒神祈求风调雨顺、五谷丰登。

中和节赐群臣宴赋七韵

唐·李适

东风①变梅柳,万汇生春光。
中和纪月令,方与天地长。
耽乐岂予尚,懿兹时景良。
庶遂亭育恩,同致寰海康。
君臣永终始,交泰②符阴阳。
曲沼水新碧,华林桃稍芳。
胜赏③信多欢,戒之在无荒。

李适,小名岩郎,唐代第十位皇帝,唐代宗李豫之子,在位二十六年,谥号神武孝文皇帝,庙号德宗。

诗歌里的传统节日

主旨

　　李适在这首诗中表达了他设立中和节的初衷,抒发了希望能够君臣同心、共创盛世的情感与抱负。

注释

①东风:春风。窦巩《襄阳寒食寄宇文籍》:"烟水初销见万家,东风吹柳万条斜。"令狐楚《游春词》:"暖日晴云知次第,东风不用更相催。"
②交泰:天地之气融通,万物通泰。诗中指君臣上下同心。韩鄂在《岁华纪丽》中说中和节是"助阴阳之交泰,表天地之和同"。
③胜赏:尽情地欣赏。李清照《转调满庭芳》:"当年曾胜赏,生香熏袖,活火分茶。"

诗里诗外

　　李适作为唐朝的第十位皇帝,接手的可不是繁荣富足的大唐盛世,而是安史之乱后的烂摊子。当时藩镇割据、内乱不止,李适也想要有所作为,准备镇压藩镇叛乱,但他不善用兵,以至于接连失败,反而导致国内狼烟四起,百姓生活更加艰难。李适不得不在兴元元年(784)正月,下"罪己诏",向天下谢罪。

据说李适第一次削藩是打赢了的,但最后论功行赏的时候没处理好,结果和平定藩镇的军队起了冲突。李适就让泾原兵来解围,不巧的是负责招待这些解围军队的人不知道是抠门还是没钱,准备的饭食太差,引起泾原兵的不满,他们不但不去解围,反而冲向了皇宫讨要说法。李适只好学他的祖爷爷逃出京城去避难。

李适接手的唐王朝虽然已经不富裕,但还不至于穷途末路。刚上任的李适准备做个好皇帝,就取消了全国向皇室进贡土特产的制度,还关闭了皇室一些不必要的部门等,但靠节约好像也解决不了多少问题。于是李适就悟出了一个道理:钱不是省出来的,要想办法挣钱。于是,李适开始想办法挣钱,先是把按人头征税改成按资产征税,这样就扩大了税源,那些有钱人就要多交税,农民反而不用交那么多,从这个角度来说,这实际上减轻了农民的负担。

也许李适尝到了挣钱的甜头,随便想个办法就能挣那么多钱,比之前苦哈哈地省钱容易多了。但李适最终也没能摆脱金钱的诱惑,开始想各种办法挣钱。虽然挣钱了,但也要省着花,于是就让太监负责采买,这样省去养一堆专门采买的闲人。太监买东西确实省钱了,但他们仗着皇帝的权威,有时候不花钱也能"买"到东西。李适知道也不加阻拦,时间长了,长安城里的生意人见到太监都害怕,不少人无奈离开,以至于长安的商业街都萧条了。

李适如果作为理财大臣,绝对很称职。他总能想出各种办法挣钱,甚至能想到征收房屋税、交易税,当时的名称叫间架税和除陌钱。谁家能没个住的地方呢?于是大家都要交税,关键是一座房子每年都要交税,即使房子拆了,拆下来的木料、瓦片都要交税。有这样爱钱的皇帝,老百姓的日子真是不好过。

龙抬头

科普 //

　　龙抬头，也叫春龙节、农事节、春耕节等，表示人们要开始施肥等农事活动，是中国传统节日之一。二月初二既是龙抬头节，也是土地公的诞辰，所以，这天也被称为土地诞，南方有些地区有祭社的习俗。

诗歌里的中国

历史

　　有关二月二的传说可以追溯到三皇五帝时期的伏羲氏。伏羲作为人文始祖,创立了中华民族的图腾龙的形象,龙的传人便由此而来。伏羲作为部落首领,"重农桑,务耕田",每年二月初二都要亲自下田耕种。伏羲的做法得到黄帝、尧、舜、禹的效仿,直到商周时期这一传统仍被沿袭。

　　还有一个传说与武则天有关。传说武则天触怒了玉皇大帝,玉皇大帝命令龙王三年不得降雨。由于不下雨,天气干旱,庄家都枯死了,人们也饥渴难耐。众神看到人间民不聊生的惨相,也于心不忍,但谁也不敢违抗玉皇大帝的命令。龙王实在不忍,就偷偷给人间降了一场雨。玉皇大帝知道后,就将龙王贬到下界并镇压在山下,还在山上立一通石碑,碑上刻着:"玉龙降雨犯天规,当受人间千秋罪。若想重登凌霄殿,金豆开花方可归。"人们为了报答龙王的救命之恩,就想帮助它重回天上。于是人们就四处寻找开花的金豆,一直找到第二年的二月初一也没找到。这天正好是赶集的日子,有一位老婆婆背着一袋玉米去卖,没想到,袋口没扎牢,黄灿灿的玉米撒了一地。有个聪明人看到后眼睛一亮,心想:玉米不就是金豆吗?把玉米放在锅里炒一炒不就开花了吗?于是人们一传十,十传百,第二天早上家家户户就开始炒玉米。人们把炒开花的玉米倒在院子里,这样从天上往人间看,每家院子里都金黄一片,不正是金豆开花了吗?于是,玉皇大帝只好兑现诺言,让龙王重回天庭。虽然龙王回了天庭,但人们出于对龙王的感激，每到二月初二这一天，人们总会把它称为"龙抬头"，并且家家户户都会炒玉米（爆米花），于是这一习俗便被保留了下来。

从天文学的角度来看，龙抬头也有一定的道理。古人经过长期的天文观测，将黄道附近的星象划分为二十八组，即二十八宿。二十八宿又按照东南西北四方各分七宿，《三辅黄图》卷三："苍龙、白虎、朱雀、玄武，天之四灵，以正四方。"苍龙在东方，构成苍龙的七个星宿是角、亢、氐、房、心、尾、箕，其中角宿恰好处于龙角的位置。每年二月黄昏时分，角宿就从东方地平线上缓缓升起，不过只有角宿稍微升起一点，龙身仍然隐藏在地平线下方，所以就被称为"龙抬头"。

古代的五行学说以及《周易》的爻辞也有对龙抬头的解释。根据《乾卦》的爻辞"九二，见龙在田"，指仲春时节，龙星刚从地平线上升起，龙德初显。春季的地支为寅、卯、辰，这三个地支对应着正月、二月、三月，而二月为卯月，卯在五行中属木。《史记·律书》："卯之为言茂也，言万物茂也。"就是说万物萌生。这时龙还"在田"中，只有龙角稍微抬起，所以叫作龙抬头。

唐宋时期，流行在二月初二出游采菜，所以二月二被称为"挑菜节"。宋代周密在《武林旧事》中记载了二月二宫中举办的挑菜活动，就是在宴会上，用一种口小底大的斛种植蔬菜，把蔬菜名写在丝帛上压在斛下，大家分别猜名字，猜中多的人获胜。

宋代以后，挑菜节改为踏青节。"二月二，龙抬头"的说法直到元末才出现。熊梦祥在《析津志》中记载："二月二日，谓之龙抬头。五更时，各家以石灰于井畔周遭糁引白道，直入家中房内，男子妇人不用扫地，恐惊了龙眼睛。"

◆清金廷标画春野新耕（局部）

此图描绘村郊春雨过后新耕劳作的情景。

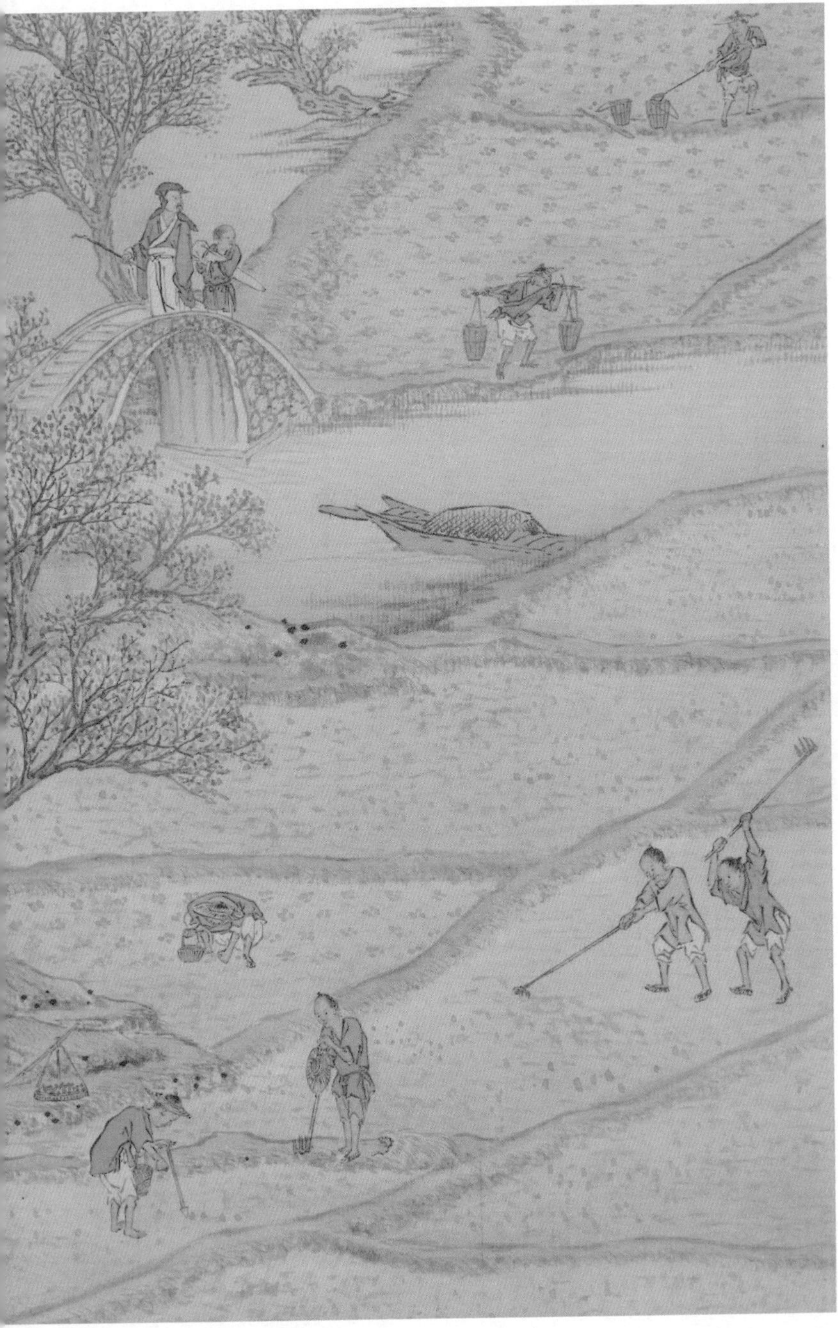

到了明代，这种说法就很常见了，还形成了引龙回、摊饼熏虫的习俗。沈榜《宛署杂记》："都人呼二月二为'龙抬头'，乡民用灰自门外蜿蜒布入宅厨，旋绕水缸，呼为'引龙回'。用面摊煎饼。熏床炕，令百虫不生。"

清代的龙抬头节令习俗沿袭明代，除了引龙回、熏虫，还有吃素饼、剃头等。

节日活动和习俗

二月二，龙抬头。这天的习俗活动较多，如引龙回、熏虫、炒豆、剃头、回娘家、祭社、吃龙须面等。

引龙回

引龙回是北方的民间风俗。人们在户外的水井周围用石灰撒上一圈，然后从水井一路撒向屋内墙根等处，由于撒的石灰像龙一样蜿蜒入室，故名。这一活动是为了将龙引出来吓跑毒虫，以求健康吉祥。清《乐陵县志》卷三载："二月朔日为中和节，唐时为金钱会，今人但以二日为春龙节，取灶灰围屋如龙蛇状，名曰引钱龙，招福祥也。"这里记载引龙用的是灶灰，是为了招福引祥。在山东部分地区，人们在二月二用灶灰在院子里撒成螺旋状的一层一层的圆圈，中心处埋上麦子、玉米或豆子，圈越多，预示着收成越好。

熏虫

二月二在惊蛰前后，这时蛰伏了一个冬天的动物会逐渐出来活动。为了免受毒虫伤害，人们就用煎饼、煎糕等熏虫。《帝京景物略》："二月二日，曰龙抬头，煎元旦祭余饼，熏床炕，谓之熏虫儿，谓引龙，虫不出也。"二月二这天用元旦祭祀剩的饼煎来熏床炕，就叫熏虫。这一活动寄托了人们驱虫避害的期盼。

炒豆

二月二炒豆是为了纪念龙王不惜触怒玉皇大帝给人间降雨。当初龙王被玉皇大帝贬到凡间，说是金豆开花才能回天庭。人们想出一个办法，把玉米炒开花就是金豆开花，后来这便成为习俗。炒豆可以用玉米，也可以用黄豆，也可以混在一起炒，炒之前要用糖水浸泡一段时间，晾干后倒入锅中翻炒，炒的过程中要把握好火候。

剃头

过去，民间有正月不剪头的说法，认为正月剪头死舅舅，这当然没有什么科学依据。有种说法是，清朝时人们对朝廷要求男子剃发感到不满，又不敢公开反对，就用正月不剪发来表达"思旧"之情。后来就形成了"正月剃头死舅舅"的说法，人们在正月也就不剃头了。二月二剃头被称为"剃龙头""剃喜头"。这天给孩子剃头，是希望孩子长大有出息。

回娘家

过去风俗不允许媳妇正月回娘家，因此，民间有二月二接女

儿回娘家的习俗。这一天除了回娘家，还有不动针的习俗，以免刺伤龙眼睛。

祭社

二月二祭社主要是南方的风俗。二月二是土地神的诞辰，土地神也称社神。农业社会，农作物的丰收虽受自然气候的影响，但人们还是形成了对土地的崇拜，认为"地载万物"，通过祭拜土地神，希望获得土地神的守护。

吃龙须面

元朝的时候，"二月二，龙抬头"的说法得以确立，这一天家家户户都要吃面条。二月二与龙相关，中国人自古就将龙作为图腾，认为龙是祥瑞，因此，这天吃的食物也都以"龙"命名，如面条叫龙须面，饺子叫龙耳，春饼叫龙鳞，油炸糕叫龙胆，米饭叫龙子，吃煎饼叫揭龙皮，吃麻花叫啃龙骨等。

二月二日

唐·李商隐

二月二日江上行,东风日暖闻吹笙。
花须柳眼①各无赖,紫蝶黄蜂俱有情。
万里忆归元亮井②,三年从事亚夫营③。
新滩莫悟游人意,更作风檐夜雨声。

李商隐,字义山,号玉谿生,又号樊南生,与杜牧合称"小李杜",与温庭筠合称"温李",晚唐诗人,著有《李义山诗集》等。

主旨

诗人借春游赏景抒发寄人篱下的生活以及心中的悲苦。

注释

①柳眼：新长出的柳叶。新生柳叶细长，像人之睡眼初展。周邦彦《蝶恋花（商调）·柳》："爱日轻明新雪后。柳眼星星，渐欲穿窗牖。"曹雪芹《红楼梦》第七十八回："警柳眼之贪眠，释莲心之味苦。"
②元亮井：元亮是陶渊明的字，其《归园田居》："井灶有遗处，桑竹残朽株。"诗人以"元亮井"自比陶渊明。
③亚夫营：西汉名将周亚夫在细柳屯兵，后世称为"柳营"或"亚夫营"。这里指诗人寄居在柳仲郢门下。孔尚任《桃花扇·誓师》："不怕烟尘四面生，江头尚有亚夫营。"

诗里诗外

李商隐虽有才华，但一生不顺遂。不到十岁丧父，自幼生活清贫，而且作为家中长子，早早就要承担起支撑门户的重任。好在后来遇到了欣赏他的伯乐令狐楚。令狐楚将李商隐招揽入府，让他与儿子令狐绹一起学习。李商隐在恩师的帮助下，终于不再为生计发愁，开始专心学习，准备科考。

晚唐时期，科举考试已失去了公平性，"官二代"更容易考中，所以李商隐在接连失败的情况下，忍不住讽刺那些趋炎附势的主考官，把他们贬为"燕雀"："鸾皇期一举，燕雀不相饶。"一同学习，才华不如自己的令狐绹早就考中进士，最后在令狐绹的举荐下，李商隐才得以考中进士。

然而李商隐还未进入仕途，恩师便与世长辞了。这时泾原节度使王茂元邀请李商隐做幕僚。如果仅是做个幕僚也不会影响李商隐以后的仕途，但问题是李商隐才华出众，被王茂元看中，他将女儿嫁给了李商隐。

这段婚姻让李商隐陷入两难的境地。李商隐的恩师令狐楚与牛党（以牛僧孺、李宗闵等为领袖）官员交好，被看作牛党；岳父王茂元与李德裕关系密切，被看作李党。李商隐虽无意党争，但本身的行为被认为是背叛，因此，在铨选过后的复选中就被除名了。此后，虽进入仕途，却始终不顺。

妻子的病故对李商隐来说也是个不小的打击，他一度陷入迷茫。大中五年（851）秋，西川节度使柳仲郢招他入幕府，给了他一个参军的职位。这首《二月二日》便是在这期间所作，从诗中可见其心情并不好，虽然春光明媚，他却无心观赏，而是思念遥远的故乡。

李商隐处于晚唐党争的漩涡中，虽有抱负，却无法实现"匡国分"的心愿。

花朝节

科普 //

　　花朝节简称花朝,也叫花神节、百花节,是庆祝百花生日的节日。由于各地气候不同,花期也不同,各地花朝节的日期也不同,一般在农历二月初二、二月十二、二月十五或者二月二十五,通常是在二月十二。

诗歌里的传统节日

历史

　　花朝节由来已久，其起源也有多种说法，一种起源于神话传说，一种是为纪念唐代崔玄微护花，还有一种说法与佛教有关。

　　花神就是总管百花的女神，那么花神到底是谁？有各种说法。《淮南子·天文训》："女夷鼓歌，以司天和，以长百谷禽兽草木。"高诱注："女夷，主春夏长养之神也。"在后世，女夷被附会成魏夫人弟子，善于种花，被尊为花神。

　　《夷坚志》也记载了一个关于花神的故事：润州鹤林寺中有杜鹃花，高丈余。每年春末，杜鹃花就会开得很灿烂。有人曾看见，三个穿着艳丽红色衣裳的女子在花下游玩，因为她们的到来，花才开得如此美丽，她们三个被称为花神。当时的润州节度使周宝就对一位叫殷七七的道人说："鹤林之花，天下奇绝。听闻不必应时开花。如今重九将近，能在重阳开花吗？"殷七七满口答应。重阳节的前两天，殷七七到鹤林寺作法，半夜时分，有位美丽的女子施然前来，说："妾为上玄所命，下司此花，将协助你让它们一起开放。"第二天早晨，殷七七就见牡丹含苞待放。重阳那天，果然全部开放。花神能够掌管百花生日，关于花朝节早在春秋时期的《陶朱公书》中已有记载："二月十二为百花生日，无雨百花熟。"

　　关于花神还有一种十二花神说。每一个花神对应一种花，每一种花对应一个人物。如正月梅花神为南朝宋武帝的女儿寿阳公主，二月杏花神为唐玄宗妃子杨玉环，三月桃花神为春秋时楚国的息夫人，四月牡丹花神为汉武帝所宠幸的宫人丽娟，五月石榴

花神为晋代书法家卫夫人,六月荷花神为春秋时越国美女西施,七月蜀葵花神为汉武帝宠妃李夫人,八月桂花神为唐太宗妃子徐惠,九月菊花神为晋武帝妃子左棻,十月芙蓉花神为后蜀孟昶的慧妃,即花蕊夫人,十一月茶花神为王昭君,十二月水仙花神为神话中的洛神。

  关于崔玄微护花的说法源自唐代。据说唐天宝年间,有位叫崔玄微的花农,虽为男子,却爱花成痴。有一年二月的一天夜里,一群百花之神变成的美丽女子来到他的花园,对他说,百花本来打算迎春怒放,可是风神封姨却打算阻挠,所以她们准备请他帮忙,就是准备好画有日月星辰的彩帛悬挂在花枝上以抗风护花。崔玄微按照百花之神的嘱咐,在夜里五更时分,将画好的彩帛挂在花枝上。果然,不久就狂风大作,因彩帛护持,花朵一朵也没被吹落。爱花人争相效仿,逐渐形成习俗,因为护花时间在五更,所以被称为"花朝"。

  花朝节的由来还与佛教有密切关系。明代田汝成《西湖游览志余·熙朝乐事》记载:"二月十五日为花朝节,盖花朝月夕,世俗恒言……宋时有扑蝶之戏,今虽不举,而寺院启涅槃会,谈孔雀经,拈香者麇至,犹其遗俗也。"从这段记载可以看出,花朝节的庆祝活动多与佛教的祭祀礼仪有关。

  花朝节在晋代是指二月十五日。《风土记》记载:"浙间风俗言春序正中,百花竞放,乃游赏之时,花朝月夕,世所常言。"这里所说的"春序正中"就是指二月十五日。到南北朝时期,花朝节还增加了扑蝶会的活动。

  花朝节的盛行始于武则天时期。据说武则天爱花,每年花朝

诗歌里的传统节日

节都会让宫女采集百花，和米一起捣碎，用来蒸糕，并且赏赐群臣。后来这一习俗就从宫中流传到民间。此外，还有"赏红"活动，就是剪彩条系在花枝上，用来表示对花神的祝福。

宋代时，花朝节为二月十二日。杨万里在《诚斋诗话》中有明确记载："东京二月十二日为花朝。"花朝节增加了种花、挑菜等活动，除了文人墨客参与，还进入了普通百姓家。民间还为祭祀花神建立了很多花神庙。

明清地方志中还记载了各地花朝节的风俗活动，如明《宣府志》："花朝节，城中妇女剪彩为花，插之鬓髻，以为应节。"清《帝京岁时纪胜》："十二日传为花王诞日，曰花朝。幽人韵士，赋诗唱和。春早时赏牡丹，惟天坛南北廊、永定门内张园及房山僧舍者最胜。"可见，明清时期，花朝节还有簪花、赏花、赋诗等习俗活动。

清朝末期之后，花朝节逐渐不受重视，渐渐淡出人们的视野。

节日活动和习俗

花朝节作为最有诗意的传统节日之一，很多活动都与花有关，如赏花、种花、插花、簪花、祭花神、赏红护花等，此外，还有游春扑蝶、祝神庙会、挑菜踏青、吃花糕等。

赏花

赏花是花朝节的一项重要活动和习俗。宋代以前，主要是文人雅士出游赏花，宋代之后，民间赏花才普及起来。人们在赏花时还有各种有趣文雅的活动，如抽花签、传花令、写诗、喝酒、品茶，觥筹交错间，花落满地，确实惬意。因此，文人墨客也写下很多诗文以留念，如戴复古《花朝侄孙子固家小集》："绿深杨柳重，红透海棠娇。"周密《花朝溪上有感昔游》："枕上鸣鸠唤晓晴，绿杨门巷卖花声。"谢与思《花朝》："五斗欲将沽酒去，满城风雨妒花朝。"

赏红护花

花朝节这天人们会把红帛、红布或红纸剪成条状，挂在花枝上保护花朵，有祝花木繁盛之意，这一活动就叫赏红，赏红也是为了护花。赏红护花来源于崔玄微护花的传说。清顾禄《清嘉录·二月》："十二日，为百花生日，闺中女郎剪五色彩缯粘花枝上，谓之赏红。"清张春华《沪城岁事衢歌》："春到花朝染碧丛，枝梢剪彩枭东风。燕霞五色飞晴坞，画阁开尊助赏红。"

插花簪花

民间有女子在花朝节这天剪彩花插头的习俗。明代马中锡在《宣府志》中就记载了这一习俗："花朝节，城中妇女剪彩为花，插之鬓髻，以为应节。"宋代簪花不仅是女子之事，男子也爱簪花。如《洛阳牡丹记》中写道："洛阳之俗，大抵好花。春时，城中无贵贱，皆插花。"赵葵《赏花》："偷闲把酒簪花去，不似儿童笑语喧。"陆游《赠道流》："醉帽簪花舞，渔舟听雨眠。"

游春扑蝶

古人在花朝节这天有出游的习俗，大好春光，三五知己相约到郊外游春赏花、饮酒赋诗，也是一件乐事。宋代，开封还流行在花朝节举办"扑蝶会"。这一习俗起源较早，南朝便有记载，《荆楚岁时记》："长安二月间，士女相聚，扑蝶为戏，名曰扑蝶会。"游春扑蝶是当时民间很有趣味的游艺活动。

祝神庙会

祝神庙会是为庆祝花神生日而形成的各种娱神活动。花神是掌管百花生长的神，在花神生辰的花朝节这天，民间就会有很多人聚集在花神庙内进行供奉。后来，为了庆祝花神生日，人们还举办各种庆祝活动，如提着各种形状的花神灯在花神庙周围游玩，由十二名伶优扮演十二个月的花神进行表演等，观看的人越来越多，逐渐就形成了庙会。

挑菜踏青

花朝节这天人们到郊外踏青游玩，这时地里的野菜恰好是鲜嫩的时候，人们就相约到郊外挖野菜，这就是挑菜，因此，有地方还把花朝节叫作挑菜节。《翰墨记》："洛阳风俗，以二月二日为花朝节。士庶游玩，又为挑菜节。"

吃花糕

花朝节吃花糕的习俗起源于唐朝。因为武则天爱花，就让宫女采集百花制作花糕，赏赐群臣。后来形成习俗，每到花朝节，人们就做花糕食用。

雨中花慢·岭南作

宋·朱敦儒

故国当年得意,射麋上苑①,走马长楸②。对葱葱佳气,赤县神州。好景何曾虚过,胜友是处相留。向伊川雪夜,洛浦花朝,占断狂游。

胡尘③卷地,南走炎荒,曳裾强学应刘④。空漫说、螭蟠龙卧,谁取封侯⑤。塞雁年年北去,蛮江日日西流。此生老矣,除非春梦,重到东周。

朱敦儒,字希真,号岩壑,又称伊水老人、洛川先生,任兵部郎中、秘书郎等,著有《岩壑老人诗文》,已佚,有词集《樵歌》传世。

诗歌里的传统节日

主旨

词人通过追忆昔日洛阳的美好来衬托今日国破家亡的伤悲。

注释

①上苑：上林苑，秦汉时所建，在洛阳城西，东汉时已毁。
②长楸：官道两旁所种的楸树。曹植《名都篇》："斗鸡东郊道，走马长楸间。"
③胡尘：金人的袭扰。
④曳裾强学应刘：勉强学习应场、应璩、刘桢寄居侯门。曳裾，提着衣襟，形容态度谦卑。应刘，指东汉末年应场、应璩兄弟和刘桢依附曹氏门下。《汉书·邹阳传》："饰固陋之心，则何王之门不可曳长裾乎！"
⑤空漫说、螭蟠龙卧，谁取封侯：空有报国之心，无处建功立业。螭，古代神话传说中龙的九个儿子当中的一个，是一种没有角的龙。蟠，盘伏。词人在含蓄地指责宋高宗偏安一隅、主和派当权的世道。朱敦儒在《水龙吟》中也有类似的报国无门的悲叹："奇谋报国，可怜无用……但愁敲桂棹，悲吟梁父，泪流如雨。"

诗里诗外

朱敦儒在词中表达了报国立业之志向，但多是身老天涯的感叹。其实，朱敦儒自幼生活富足，且骨子里极其清高，一生也未

做过多少官。早年两次被举荐为学官都不愿出仕,他最大的贡献还是在创作上。

朱敦儒年轻的时候常常流连青楼,游览名山大川,度过了一段快乐的时光。如《鹧鸪天·西都作》中的纵情诗酒与狂放不羁:

我是清都山水郎,天教分付与疏狂。曾批给雨支风券,累上留云借月章。
诗万首,酒千觞,几曾着眼看侯王。玉楼金阙慵归去,且插梅花醉洛阳。

朱敦儒青年时期在洛阳过着"换酒春壶碧,脱帽醉青楼"的奢靡生活。中年以后,随着宋室南渡,他也身随国变,到处流亡,这时不免思念家乡,怀念故国,其作品也透出苍凉悲怆之感,如《采桑子·彭浪矶》:

扁舟去作江南客,旅雁孤云。万里烟尘。回首中原泪满巾。
碧山对晚汀洲冷,枫叶芦根。日落波平。愁损辞乡去国人。

这时的朱敦儒再也没有"且插梅花醉洛阳"的闲情逸致和逍遥,心中只有无限悲凉和忧患。中年以后词风也跟着大变,尤其是《雨中花》这首词慷慨激昂的词风对辛弃疾和陆游都产生了一定的影响。

上巳节

科普 //

上巳节,又叫元巳、上除、女儿节、桃花节,俗称三月三,是中国传统节日之一。上古以干支纪日,一个月中最多有三个巳日,上旬的巳日被称为上巳。巳日的日期并不固定,汉代以前上巳节是在三月上旬的巳日,后来固定在三月初三。

诗歌里的中国

历史

　　上巳节作为一个传统节日，据说起源于"兰汤辟邪"的巫术活动。古人在举办重大祭祀仪式前，要先沐浴，沐浴所用的兰汤就是用带有香气的兰草制成。这项活动必须由专职的女巫组织进行，才能驱除邪气。如《周礼·春官宗伯·女巫》有"女巫掌岁时祓除衅浴"的记载，郑玄注："岁时祓除，如今三月上巳，如水上之类；衅浴谓以香薰草药沐浴。"可见，周朝已设置女巫专门掌管"兰汤辟邪"之事。

　　上巳节还可以追溯到更早的神话传说时代。人们在度过漫长的冬季之后，就会在春天来到河边，把身上的污垢洗去，以便消灾祈福。因为人是由女娲创造的，而且是在第七日创造出来的，第七日正好是巳日，为纪念女娲创造人类，故名上巳节。后来，上巳节的日期逐渐演变为三月初三。

　　关于上巳节的由来还有一种说法与周幽王有关。西周末年，周幽王昏庸无道，为了博褒姒一笑，竟然烽火戏诸侯，因此，引起诸侯和百姓的不满。虽然诸侯和百姓对周幽王不满，但也不敢随便说出来，因为周幽王的眼线遍布各地。于是，大家就相约在三月三这天到郊外的河边聚餐、游玩，趁机说出各自心中的不满。后来就形成了一个传统，上巳节就这样产生了。

　　上巳节的另一个起源与周公营造洛邑有关。传说周公为了建造洛邑，就从各地征调能工巧匠，洛邑建好后，周公很是满意，就登高观望，只见洛水绕城东去，城中一片繁忙。周公心想，这

诗歌里的传统节日

大好春光,应该让人们出来到河边走走,举行一个集会,趁机为大家祈求健康。于是,周公召集文武百官来到洛水一处水流平缓的地方,大家将盛满酒的酒杯放置在水中,三五成群地说说笑笑,随时可以从水中捞起酒杯畅饮,看着远处的花草,一片生机勃勃的景象,大家心情大好,果然这次集会之后大家都更健康了。这一天刚好是三月的第一个巳日,以后大家就都在三月上巳的时候到河边集会,就形成了上巳节。

汉代时,上巳节陆续增加了求子和临水宴饮等活动。过去人们认为女子不能生育是因为鬼神在作祟,于是就有了这样一个说法,在上巳节这天进行"祓禊"就能治好不孕,这种用沐浴治不孕的方法在汉代非常盛行。人们认为祓禊不仅能治不孕,还能治其他疾病。《后汉书》:"是月上巳,官民皆洁于东流水上,曰洗濯,祓除去宿垢疢为大洁。"上巳这天,大家都到河边洗澡,洗去一冬积攒的宿垢,带走身上的晦气和厄运,祈求健康。

汉代之后,上巳节的日期固定在三月初三。魏晋时期,由于战乱四起、佛教兴盛,人们开始崇尚纵情山水的生活。于是,上巳节"岁时祓除"的功能减弱,这时的沐浴也失去了最初的巫术意义,人们更加关注出游赏春之意。因此,从宫廷到民间,上巳日出游踏青、宴饮、沐浴等已是常见活动。魏晋时期最为流行的便是曲水流觞,文人雅士聚在一起,饮酒赋诗,留下多少风流雅事。魏明帝还曾专门建了一个流杯亭,以供宴饮之乐。

唐代时,皇帝也很重视三月三,上巳节已成为比较隆重的节日,这时的节日活动也主要是踏青、宴饮等,如著名的曲江宴,文人学士能被皇家赐宴曲江在当时来说是非常荣耀之事。王维《三

月三日曲江侍宴应制》："万乘亲斋祭，千官喜豫游。奉迎从上苑，祓禊向中流。"

宋代时，上巳节活动已减少，文人笔下关于上巳节的记载也大为减少。这时，宫廷和北方的民间很少过上巳节，少数民间地区虽然还有上巳节的习俗，但已逐渐与清明节习俗合并。

明清以后，上巳节已逐渐消失，其节日活动逐渐演变为丰富多彩的春游活动，多在清明节进行。

节日活动和习俗

上巳节作为一种古老的传统节日，最初的活动是含有巫术意义的祓禊，后来还有求子、郊游宴饮、射雁司蚕等。

祓禊

祓禊最初是古人通过洗浴去病祈福的一种活动，一般由女巫主持进行。由于地区差异，有的地方用兰草洗澡，有的用柳枝蘸花瓣水洒在头上和身上以祈福。《诗经·郑风·溱洧》中就描写了春秋时期郑国的祓禊活动："溱与洧，方涣涣兮。士与女，方秉蕳兮。女曰：观乎？士曰：既且。且往观乎！洧之外，洵訏且乐！维士与女，伊其相谑，赠之以芍药。"这里描写的就是郑国的青年男女在溱、洧河畔游春的情景，而且手拿兰草蘸水洒在身上以除晦气。郑国的这一习俗在《韩诗》中也有记载："郑国之俗，三月上巳，之溱、洧两水之上，招魂续魄，秉兰草，祓除不祥。"

求子

上巳节求子的习俗与一个古老的传说有关。据说人类的祖先是伏羲和女娲,由于二人是兄妹,结婚时女娲很害羞,就拿草扇遮面,伏羲也不好意思,就把脸涂黑。二人结合造人的日子正好是三月三,因此,人们就在这天祭祀神灵,祈求生育子嗣。

还有一种说法是,求子要祭祀高禖。高禖,也称郊禖,因供于郊外而得名。据说最初的高禖是成年女性,而且是孕妇的形象。汉画像石中就有高禖的形象,是与婴儿连在一起的女性形象。不过随着人类社会由母系氏族社会进入父系氏族社会,高禖的形象也发生了变化,父权制下的高禖在有的地方演变为伏羲的形象。

郊游宴饮

郊游宴饮是上巳节的一项重要活动。上巳郊游还是青年男女约会的日子,《诗经·郑风·溱洧》中就描写了青年男女在上巳节这天郊游时赠送芍药作为定情信物。因此,有人认为上巳节是中国最古老的情人节。杜甫的"三月三日天气新,长安水边多丽人",就是描述年轻女子在上巳节这天出游的情景。

上巳节饮酒的习俗在周代已经产生。曲水流觞的雏形源于周公。洛邑建成后,周公登高观望,见洛水绕城东去,便让人们到河边集会,把酒杯放在水中,一边聊天一边随手拿起漂过来的酒杯。这种活动逐渐成为习俗保留下来,发展到后来便形成了曲水流觞。曲水流觞的娱乐意义已经远大于祈福,众人坐在溪水边,喝酒赋诗,并且有赏罚规则,如罚酒或赋诗。王羲之就曾在兰亭召集众文友举行了一次集会,并把众人的诗文汇集,为之写了一篇著名的《兰亭集序》。

《荆楚岁时记》:"士民并出江渚池沼间,为流杯曲水之饮。"曲水流觞最初多为文人雅士之所为,后来发展为"士民"皆参与的宴饮活动,吟诗作赋的风雅活动逐渐减少,单纯的郊游宴饮活动增多。春季出游宴饮也是放松身心的一项活动。

射雁司蚕

射雁就是用系着丝线的箭射野雁,射中后可以根据丝线找到野雁,射中的野雁是朋友间相互赠送的最好礼品。这曾是上巳节的一种习俗,不过这种活动早就不存在了。

司蚕就是开始育蚕,南方妇女在上巳节就要开始采桑喂蚕。在古代社会经济结构中,蚕桑占有重要地位,不管是统治者还是普通百姓都很重视蚕桑一事。

诗歌里的传统节日

丽人行

唐·杜甫

三月三日天气新，长安水边多丽人。
态浓意远淑且真，肌理细腻骨肉匀[①]。
绣罗衣裳照暮春，蹙[②]金孔雀银麒麟。
头上何所有？翠微𦿟叶[③]垂鬓唇。
背后何所见？珠压腰衱稳称身。
就中云幕椒房亲[④]，赐名大国虢与秦[⑤]。
紫驼之峰出翠釜，水精之盘行素鳞。
犀箸厌饫[⑥]久未下，鸾刀[⑦]缕切空纷纶。
黄门[⑧]飞鞚不动尘，御厨络绎送八珍。
箫鼓哀吟感鬼神，宾从杂遝实要津。
后来鞍马何逡巡，当轩下马入锦茵。
杨花[⑨]雪落覆白蘋，青鸟[⑩]飞去衔红巾。
炙手可热势绝伦，慎莫近前丞相嗔！

　　杜甫，字子美，自号少陵野老，唐代伟大的现实主义诗人，与李白合称"李杜"，被后世尊称为"诗圣"，也被称为杜拾遗、杜工部、杜少陵、杜草堂。

诗歌里的中国

主旨

这首诗通过描写杨国忠兄妹曲江春游的排场和奢华,揭露讽刺其骄奢淫逸的生活。

注释

①骨肉匀:身材胖瘦适中。
②蹙:一种刺绣手法,就是用抝紧的线刺绣,使刺绣的纹路皱缩。
③匐叶:一种花叶形状的首饰。元柳贯《洪州歌十五首》其十一:"女儿头戴角冠敧,匐叶垂垂鬈鬟齐。"
④椒房亲:皇后的亲戚。椒房,指皇后的居所。汉代皇后所住的未央宫以花椒粉末和泥涂抹墙壁,取温暖、芳香、多子之意,故称椒房殿。《三辅黄图》卷三:"椒房殿,在未央宫,以椒和泥涂,取其温而芬芳也。"白居易《长恨歌》:"梨园弟子白发新,椒房阿监青娥老。"
⑤赐名大国虢与秦:杨贵妃的大姐被赐封为韩国夫人,三姐被赐封为虢国夫人,八姐被赐封为秦国夫人。
⑥厌饫:吃腻了。
⑦鸾刀:系有铃铛的刀。《诗经•小雅•信南山》:"执其鸾刀,以启其毛,取其血膋。"鸾刀是古代祭祀用来割牲畜的刀。毛亨传解释为:"鸾刀,刀有鸾者,言割中节也。"孔颖达疏进一步注解为:"鸾即铃也。谓刀环有铃,其声中节。"
⑧黄门:指宦官。汉代设有黄门令、小黄门、中黄门等,其职责是侍奉皇帝

及其家族,由宦官担任,后来黄门就成为宦官的代称。

⑨杨花:柳絮。北魏胡太后曾逼杨白花私通,杨白花害怕祸端,降梁,改名为杨华。胡太后因思念杨白花,作《杨白花歌》,诗中有"秋去春来双燕子,愿衔杨花入窠里"之句。诗人在诗中以杨花暗讽杨国忠与其从妹虢国夫人的暧昧关系。

⑩青鸟:神话中的鸟名,也叫三青鸟,为西王母取食传信的神鸟。后来指信使。李商隐《无题》:"蓬山此去无多路,青鸟殷勤为探看。"

诗里诗外

三月初三作为上巳节,到唐代已经成为春游的一个重要日子。"野餐"便成了春游的一个必备项目,普通人家的餐食比较简单,不过比平时吃食丰盛一些罢了。但杜甫笔下杨贵妃兄弟姐妹的春游自然是与众不同的。

杨贵妃的姐妹被赐封为夫人,凭借高贵的身份,出游时很有排场。根据《旧唐书》的记载,她们出门游玩时,车马仆从众多,以至于堵塞道路。即使仆从都很讲究,侍女们有统一的服饰。夫人们就更不必说了,衣着华美,衣服上绣着"金孔雀银麒麟"的图案。她们的饮食自然也是珍馐佳肴,就连做饭也是用"翠釜",盛鱼都是水晶盘。面对山珍海味,杨氏姐妹却没有什么胃口,拿起犀牛角做的筷子,没有想要夹起的菜。不是菜的味道不好,而是她们早就吃腻了。只是可怜了那些手拿鸾刀的厨师们,又是白忙活一场。黄门的太监多有"眼力见儿",一看这情形,立刻快

马加鞭地回宫禀报。不多久，皇上的御厨就送来了各自的拿手绝活。可见，在外春游对饮食也是如此挑剔。

诗人只是描写了她们的排场，并未做任何评论，直到最后才好心对游人提出劝告：丞相杨国忠也来春游了，他的权势可是"炙手可热"，一定要离远点，以免惹丞相不高兴。清代浦起龙的评价是："无一刺讥语，描摹处语语刺讥；无一慨叹声，点逗处声声慨叹。"杜甫的这首诗正是对"一人得道，鸡犬升天"的最好诠释。

杜甫这首《丽人行》对后世文人有较大影响，有不少诗人以《续丽人行》为题写诗，如宋代苏轼、姜特立，元代胡天游等。现仅以苏轼诗为例供读者欣赏比较：

李仲谋家有周昉画背面欠伸内人，极精，戏作此诗。

深宫无人春日长，沉香亭北百花香。
美人睡起薄梳洗，燕舞莺啼空断肠。
画工欲画无穷意，背立东风初破睡。
若教回首却嫣然，阳城下蔡俱风靡。
杜陵饥客眼长寒，蹇驴破帽随金鞍。
隔花临水时一见，只许腰肢背后看。
心醉归来茅屋底，方信人间有西子。
君不见孟光举案与眉齐，何曾背面伤春啼。

寒食节、清明节

科普 //

  寒食节、清明节均为中国传统节日,由于二者时间较近,节日活动相似,后来寒食节逐渐与清明节相融合。寒食节,也叫禁烟节、冷节、百五节等,时间在冬至后一百零五日,清明节的前一日或两日,这天禁烟火,吃冷食。

  清明节,又叫踏青节、三月节、祭祖节、行清节等,是中国最隆重的祭祖节日,清明还是二十四节气之一。清明节与春节、端午节、中秋节并称为中国四大传统节日。

历史

据说寒食节的设立是为了纪念春秋时期晋国的忠臣介子推。介子推曾随公子重耳在外流亡,其间遇到不少困难。有一次,因饥寒交迫,介子推偷偷割下自己大腿上的肉给重耳吃。后来重耳复国成为晋文公,在封赏有功之臣时,忘记了介子推。介子推就带着母亲偷偷归隐绵山。晋文公为了让介子推出山,多次派人进山寻找,但都无果。晋文公为了逼介子推出山,就下令放火烧山。介子推下定决心不再出仕,宁愿被火烧死,也不肯出来,最后被烧死在绵山。晋文公后悔不已,命人将介子推安葬在绵山,并修祠立庙以纪念介子推的贡献,还下令这天不准烧火,只能吃冷食。

实际上,寒食节的起源可以追溯到远古时期对火的崇拜。远古人类最初对火并不了解,火虽给人类带来诸多好处,但也带来不少灾害,因此,人们对火既崇拜又敬畏,于是就产生了一些祭祀仪式。在古人看来,火是有生命的,在学会控制火之后,古人认为火也需要休息。熄灭的火被重新点燃,称为改火。寒食节就起源于古代的改火。

汉代时,为了表示对介子推的纪念,山西民间要禁火一个月。《后汉书·左周黄列传》记载:"太原一郡,旧俗以介子推焚骸,有龙忌之禁。至其亡月,咸言神灵不乐举火,由是士民每冬中辄一月寒食,莫敢烟爨,老小不堪,岁多死者。"就是说太原有纪念介子推的习俗,百姓要在冬天一个月吃冷食,不敢起烟火,老人和孩子肯定受不了,不少人因此丧命。周举作为并州刺史,到任后认为此俗不好，于是对这一风俗进行改革："言盛冬去火，残损民命，非贤者之意，以宣示愚民，使还温食。于是众惑稍解，风俗颇革。"周举认为寒冬不可用火，就是残害老百姓的生命，不是圣贤的本意，这是愚弄百姓，就让人们吃温热的食物，于是改变了这种风俗。不过东汉桓谭在《新论》中记载，寒食时间为五日："太原郡民，以隆冬不火食五日，虽有疾病缓急，犹不敢犯，为介子推故也。"太原百姓在隆冬禁火吃冷食五日，即使身有疾病，也不敢违反这一风俗。

东汉末年，曹操也曾下令取消禁火寒食一个月的习俗。不过到魏晋时期，禁火寒食的习俗不仅恢复还兴盛起来。西晋、东晋的"晋"与春秋时晋国的"晋"相同，于是，统治者对晋地的这一风俗非常重视，不过寒食的时间已缩短为三天。

到了唐朝，寒食节也受到统治者的重视，还专门设立了假期。据《唐会要》记载，唐玄宗开元二十四年（736）明确规定："寒食、清明，四日为假。"到唐代宗大历十三年（778）寒食节假期又增加了一天："自今已后，寒食通清明休假五日。"到唐德宗贞元六年（790），寒食加清明，可以放七天的长假。由此可见，唐朝对寒食节的重视程度，而且，这时寒食节和清明节已经融合。

由于寒食节要禁火，清明这天就要重新取火，皇帝把新火赐给亲信的大臣，这对大臣来说是莫大的荣耀。韩翃在《寒食》诗中就描写了这一活动："春城无处不飞花，寒食东风御柳斜。日暮汉宫传蜡烛，轻烟散入五侯家。"这里的五侯就是泛指皇帝的近幸之臣。

宋代，皇帝赐新火的活动变成了在门口插柳条的风俗。唐代

诗歌里的中国

取新火用的是榆柳之枝，大臣为了炫耀，就把柳枝插在门口。这时，清明节的地位逐渐上升，而且扫墓活动也上升到"国家层面"。据《梦粱录》所载，当时国家要求"官员士庶，俱出郭省坟，以尽思时之敬"。这说明，清明节放假是让人们扫墓祭祖，表达对先人的哀思。孟元老在《东京梦华录》中更是记载了当时都城从官员到百姓出城扫墓的盛况，因为城内之人几乎"倾巢出动"，都来到了郊外，以至"四野如市"。宫廷中在节前半个月就开始准备祭扫的物品，百姓也会准备丰盛的祭品。普通百姓没有那么多规矩，因此，在祭扫之后，"往往就芳树之下，或园囿之间，罗列杯盘，互相劝酬。都城之歌儿舞女，遍满园亭，抵暮而归"。人们祭扫之后，往往就在树下或园林处，把带的吃食摆出来，大家相互劝酬，唱歌跳舞，直到傍晚才回去。

明清时期，清明节大体沿袭前代的习俗活动，各地风俗有同有异，但清明节已成为全国性的节日。

节日活动和习俗

由于寒食节和清明节在发展过程中逐渐融合，节日活动和习俗多有重合，如共同的习俗活动有祭祖、插柳、踏青、荡秋千、蹴鞠等，不同的是寒食节有禁火寒食活动，清明节有放风筝、射柳等。

禁火寒食

禁火是寒食节的习俗，这一活动源于纪念介子推。人们在寒食节这天不能生火，要吃冷食。吃冷食不利于身体健康，因此，在汉代就有官员改革了这一习俗，不过，禁火的习俗也是断断续续。到唐代虽然还有禁火的习俗，但吃寒食的习俗已不那么严格执行了。

寒食节民间有蒸寒燕的习俗，就是用面捏成飞燕和其他鸣禽、走兽、瓜果、花卉等形状，蒸熟之后染色，然后插在酸枣树的刺上，放在屋内作为装饰，也可以作为礼品赠送。

寒食节的食品主要有寒食粥、寒食面、寒食浆、青粳饭及饧等，供品有面燕、"蛇盘兔"、枣饼、细稞、神餕等，饮品有春酒、新茶、清泉甘水等。

扫墓祭祖

中国自古就有祭祀祖先的传统，在唐代之前主要有家祭、庙祭、墓祭等。上坟祭祖与社日习俗有关，主要是祭祀土地神，以祈祷土地神和祖先保佑丰收。唐代时，清明、寒食逐渐融合，且给官员放假，要求他们扫墓祭祖，后来这一活动经过历代沿袭成为习俗。现在，很多人在清明节的时候，也会回到家乡进行祭祖，以表达对祖先的缅怀之情。

插柳

清明节民间有插柳的习俗。关于清明节插柳有三种说法：一种是为了纪念神农氏；一种是纪念介子推；一种是驱鬼辟邪。

神农氏被称为"教民稼穑"的农事祖师。柳树生命力强大，插到土里就能活。有的地方把柳枝插在屋檐下，以预示天气情况，谚语有："柳条青，雨蒙蒙；柳条干，晴了天。"

◆ 明文徵明春游图（局部）

一男子骑马行于山林中，几朵野花点缀林间，展现春日漫游的悠闲场景。

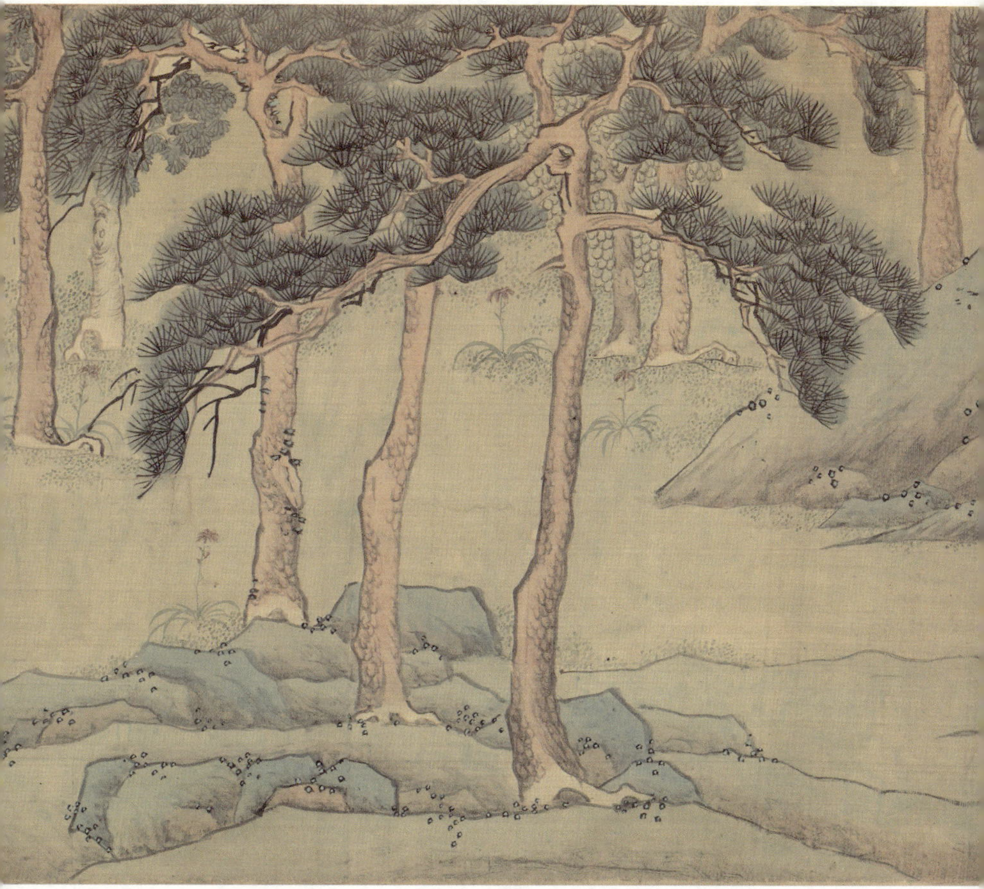

据说，晋文公当时为了逼介子推出山，就放火烧山，介子推最后被大火烧死在柳树下，人们插柳是为了纪念介子推。

柳被称为"鬼怖木"，因此，人们认为柳具有辟邪作用，在清明节插柳能够保佑家人平安。北魏贾思勰在《齐民要术》中写道："取杨柳枝著户上，百鬼不入家。"就是说在门前插柳，可以防止百鬼入家。

踏青

踏青，也叫郊游、寻春、探春等，这一习俗起源于远古农耕祭祀的迎春习俗。据《晋书》记载，每年春天，人们都要结伴到郊外游春赏景。从唐代开始，清明也逐渐和踏青的活动结合在一起，人们在清明扫墓的同时，也会携家带口欣赏春光。宋元时期，清明节逐渐在发展演变中融合了寒食与上巳两个古老节日的精华，形成了一个以祭祖扫墓为中心、辅以春游踏青的传统节日。不少文人墨客在诗词文章中记载了踏青这一活动，如杜甫《绝句》："江边踏青罢，回首见旌旗。"欧阳修《阮郎归》："南园春半踏青时，风和闻马嘶。"吴惟信《苏堤清明即事》："梨花风起正清明，游子寻春半出城。"

荡秋千

荡秋千，也称打秋千，据说是齐桓公从北方山戎传到中原地区的，在南北朝时已经流行起来。《荆楚岁时记》："春时悬长绳于高木，士女衣彩服坐于其上而推引之，名曰打秋千。"古代的秋千用树丫枝作架，拴上彩带即做成，后来发展为用两根绳索固定踏板拴在树上或者固定的高处。荡秋千还是古代宫廷女子清明节的游艺项目，到唐代时已成为专供妇女、儿童玩耍的游戏。《开元天宝遗事》记载："天宝宫中至寒食节竞竖秋千，令宫嫔辈戏笑以为宴乐。帝呼为半仙之戏，都中士民因而呼之。"唐代宫中寒食节时妃嫔竞相荡秋千为乐，皇帝看了，称之为半仙之戏，因女子穿着彩色衣服坐在秋千上在空中飞荡，看来有如仙女飘然而来。张炜《秋千》："彩索高悬锦柱头，女郎花下竞风流。垂杨影里曾窥见，飞起娇红一点愁。"

蹴鞠

蹴鞠是古代的一种球类游戏，类似于现代的足球。据说这是黄帝为了训练士兵而发明的，后来发展为清明节的一项活动，唐代时已流行。据《东京梦华录》记载，北宋京城人在清明节有出城采春的活动："举目则秋千巧笑，触处则蹴鞠疏狂。"春天到野外来一场蹴鞠活动，可以舒展一下筋骨，活动一下身体，也能放松身心。

放风筝

风筝起源于鲁班做的木鸢，后来逐渐发展为以竹篾为骨架糊纸或绢而成。清明节放风筝不仅是一项娱乐活动，还是一种祛病消灾的手段，人们认为将风筝放到高空中，剪断线，让风筝随风飘走，可以带走疾病、晦气等。曹雪芹在《红楼梦》中就提到众人放风筝去晦气之事。

射柳

　　射柳是一种射箭类游戏，在古代北方的契丹、女真等比较流行，在明代已成为非常盛行的活动。《识小编》记载："永乐时，禁中有剪柳之戏。剪柳，即射柳也。以鹁鸪贮葫芦中，悬之柳上，弯弓射之，矢中葫芦，鸽辄飞出，以飞之高下为胜负，往往会于清明端阳。"就是将装有鸽子的葫芦悬挂在柳树上，人们用弓箭射之，如果射中葫芦，鸽子飞到外面，就以鸽子飞的高低来决定胜负，这一活动往往在清明、端午时举行。

节日食品

　　寒食节的食俗为吃冷食，后来这一习俗逐渐融合到清明节的食俗中。清明节的节日食品主要有青团、馓子、鸡蛋、润饼、清明螺等。青团为南方食品，将艾草煮烂拌上糯米粉，然后包上豆沙、枣泥等馅料，捣成团子蒸熟即可。馓子本名寒具，也叫环饼，是一种油炸食品。因寒食节不能开火，故提前炸好馓子以供寒食节食用。清明时节，螺肉最是肥美，这时有"清明螺，抵只鹅"之说。清明吃螺叫挑青，吃完后把螺壳扔到房顶上，螺壳滚动的声音可以吓跑老鼠。这是希望养蚕不被老鼠破坏的一种美好寄托。清明节吃鸡蛋称为吃节蛋，节蛋还有两种玩法，一种是在蛋上画画，一种是在蛋上镂刻。在煮熟的蛋上画画用的是茜草汁，这种汁可以透过蛋壳印染到蛋白上。在蛋上镂刻也要用煮熟的蛋，雕刻好之后，把蛋白、蛋黄慢慢取出，剩下镂刻的蛋壳可供欣赏。

诗歌里的传统节日

途中寒食[1]

唐·宋之问

马上逢寒食,愁中属暮春。
可怜江浦望,不见洛阳人。
北极[2]怀明主,南溟作逐臣[3]。
故园肠断处,日夜柳条新[4]。

宋之问,一名少连,字延清,善写五言排律,被胡应麟誉为初唐之冠。有辑本《宋之问集》二卷。

主旨

这是一首思乡之诗,诗人通过景物描写来展现远离家乡的痛苦。

注释

①《途中寒食》:又名《途中寒食题黄梅临江驿寄崔融》。临江驿,在湖北黄梅县南七十五里,梁武帝在此得子,号太子驿,因此改名。崔融,宋之问的朋友,当时被贬为袁州刺史。这首诗写于神龙元年(705),这年正月武则天病,张柬之等以羽林兵诛杀张易之、张昌宗,迎中宗复位。崔融、李峤、宋之问、杜审言、沈佺期等因与二张结交被贬。
②北极:皇帝。《论语·为政》:"譬如北辰,居其所而众星共之。"
③逐臣:被贬之臣。
④柳条新:柳条发出新芽。柳与"留"谐音,自汉代就有折柳赠别的习俗。李白《春夜洛城闻笛》:"此夜曲中闻折柳,何人不起故园情。"

诗里诗外

宋之问作为唐代著名诗人,在诗歌创作上取得了不小的成就。如他的《渡汉江》几乎人人耳熟能详:"岭外音书绝,经冬复历春。近乡情更怯,不敢问来人。"将离家越近越是紧张的心

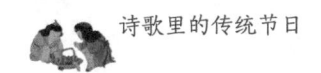

情描绘得尤其恰当。

俗话说人品重于才华，宋之问用自己的经历从反面证明了这句话的正确性。宋之问的人品在当时人的眼中可不怎么好。宋之问并没有显赫的家世，但他有才华，长得好看，口才又好，二十岁的时候就得到了武则天的任命，成为习艺馆学士。

宋之问为了荣华富贵和权势不惜出卖友人。神龙元年，武则天的宠臣张易之、张昌宗被羽林兵杀害，中宗复位。宋之问因依附张氏兄弟而被贬到泷州（今广东罗定），因无法忍受岭南蛮荒之地的艰难生活，在没有受到朝廷赦免的情况下，偷偷回到洛阳，藏在好友张仲之家里。当时虽然武则天已死，但武则天的侄子武三思仍然声势显赫。张仲之和朝中的一些大臣对武三思不满，就密谋除掉他。宋之问为了依附武三思，竟然向其告密，以好友全家的性命换取自己被赦免和再度回京入职。宋之问虽然得到了与达官贵族结交的机会，但其卖友求荣的行径却为时人所不齿。

江山易改，本性难移。宋之问后来先是依附太平公主，因见安乐公主权势更盛，转而又投靠安乐公主，引起太平公主的嫉恨，后再次遭贬。巧的是在被贬途中，又逢寒食，于是在途经满塘驿时，写下了一首《寒食江州满塘驿》：

去年上巳洛桥边，今年寒食庐山曲。
遥怜巩树花应满，复见吴洲草新绿。
吴洲春草兰杜芳，感物思归怀故乡。
驿骑明朝宿何处？猿声今夜断君肠。

宋之问本可以靠才华吃饭,却偏偏贪图权势和名利,游走在各权力之间。最后李隆基和太平公主诛杀韦后和安乐公主,拥立唐睿宗复位。唐睿宗考虑到宋之问的品行问题,将其流放到钦州。宋之问最终被赐死在桂州(今广西桂林)。他一生写了很多思念家乡的诗,最后却落得个客死他乡的结局。

第一辑

楼台倒影入池塘

端午节

科普 //

端午节,又叫端阳节、重午节、重五节、天中节、正阳节、龙舟节等,是中国的四大传统节日之一,在每年的五月初五。端午节源于古代的天象崇拜,由祭祀龙演变而来。2006年5月,国务院将其列入首批国家级非物质文化遗产名录。

诗歌里的中国

历史

  端午节的起源有多种说法，但最初的起源并无资料可考，只留下众多传说，主要有纪念屈原说，纪念伍子胥说，纪念曹娥说，纪念介子推说，还有龙图腾崇拜，恶日禁忌等。

  端午节纪念屈原是最为广泛接受的一种说法。屈原是战国末期楚怀王的大臣，主张联齐抗秦，遭到子兰等人的反对，被赶出都城，流放到沅、湘地区。后来，楚国都城被攻破，屈原怀恨投了汨罗江，百姓纷纷划船前去打捞，同时为了防止鱼虾啃食屈原，就将粽子投入江中。最早将屈原和端午节联系起来的是南朝梁吴均的神话志怪小说《续齐谐记》，书中记载了粽子的起源。不过这时距离屈原去世已经七百多年。不管端午节的起源是否是为了纪念屈原，千百年来，屈原的爱国精神已深入人心。

  端午节为纪念伍子胥的说法主要流传在江浙一带。春秋时期，伍子胥为报父兄被楚王所杀之仇，投奔了吴国。伍子胥帮助吴国成为强盛的国家，越国已不是他们的对手。伍子胥建议吴王乘胜追击，彻底消灭越国，但吴王夫差却同意了越王勾践的求和。吴王听信谗言，赐死伍子胥。伍子胥临死前让人在其死后将其眼睛挖出来挂在城门上，要亲眼看着越国灭掉吴国。吴王听后，勃然大怒，就让人把伍子胥的尸体装进袋子，扔进江里。那一天刚好是五月初五，后来人们就在这天纪念伍子胥。

  曹娥是东汉时人，其父亲掉入江中，打捞了数日也未找到尸体。年仅十四岁的曹娥非常孝顺，因为找不到父亲，就昼夜沿江哭喊，过了十七天，依然没有找到父亲的尸体，于是她就跳进江里。这天正好是五月初五，过了五天，人们在江边发现已经死去的曹娥竟然抱着父亲的尸体。此事被传为神话，后来端午节就成为纪念孝女曹娥的节日。

纪念介子推一说是东汉蔡邕在《琴操》中提出的，但大多数人认为寒食节才是纪念介子推的节日。

端午节源于龙图腾崇拜，闻一多在《端午考》中有详细考证。首先，端午节这个古老的节日，远在屈原去世以前已经存在；其次，端午节吃粽子和赛龙舟这两个主要活动都与龙相关。闻一多先生认为，端午节是古代吴越地区一个以龙为图腾的部落举行图腾祭的节日，或者说是一个关于龙的节日。

古代对龙图腾的崇拜源于对天象的崇拜。在传统文化中，五月初五这天，苍龙七宿运行至正南中（乾）方位，是"飞龙在天"的日子，根据《易经》爻辞，九五阳爻处奇位为"得正"，"九五"又在上乾卦的居中位置，故而称"得中"，因此，这一爻是既"得正"又"得中"，乃是大吉大利的天象。龙是百越先民的原始信仰，端午节是"飞龙在天"的吉利之日，人们就在这一天举办庆祝活动，后来逐渐演变为全民族的节日。

端午节还有一个说法是源于古代的恶日禁忌。汉代《史记》《风俗通义》《论衡》等书中都有"不举五月子"之俗的记载。古代民间认为五月是"恶月""毒月"，这个月的五日为"恶日"，会发生各种不好的事情。所以，这天人们要喝雄黄酒、贴符、插艾叶等，来驱除邪气，并且人们还避讳"端五"的说法，称之为"端午"。

汉代时端午节文化得到了快速发展，由于汉代实现大一统，且

诗歌里的中国

在儒家思想的影响下南北方思想和文化进行了大统一，因此南北地区端午节的风俗习惯也相互融合。不仅如此，朝廷为了统一节日，方便过节，还将历法变动，并正式确定每年的农历五月初五为端午节。西汉时已有赛龙舟、吃粽子、采草药等习俗的相关记载。

魏晋南北朝时，由于战乱频繁，人们希望能够避"兵灾瘟疫"，于是戴长命缕（续命缕）逐渐兴盛，就是把绢染成日月星辰或鸟兽的形状，并在上面绣上文字或金缕，在端午节的时候系在手臂上。这一习俗最迟在汉代已有记载。此外，这一时期，端午节还出现了斗草的游戏。斗草作为端午民俗，起源已不可考，最早的文献记载见于魏晋南北朝时期，南朝梁宗懔在《荆楚岁时记》中云："五月五日，四民并踏百草，又有斗百草之戏。"

隋唐时期，作为民间节日的端午节逐渐受到官方重视，一些节日风俗也向娱乐活动转变。端午节的习俗逐渐多了起来，划龙舟、吃粽子、系彩线等风俗基本定型。唐玄宗李隆基让吴道子画《钟馗捉鬼图》，令天下人在端午节张贴，用来驱邪。龙舟竞赛也被确定为纪念屈原的主题活动。《隋书·地理志》："屈原以五月望日赴汨罗，土人追至洞庭不见，湖大船小，莫得济者，乃歌曰：'何由得渡湖？'因尔鼓棹争归，竞会亭上。习以相传，为竞渡之戏。"

宋代时，端午节风俗还被辽、金两国吸收、利用，出现了拜天、射柳及击鞠等民俗活动。

明代端午节还被称为"女儿节"，人们从五月初一开始，至初五日，家家打扮小闺女，给她们戴上石榴花。新嫁女在端午前，要回娘家，称为"躲端午"。沈榜《宛署杂记》："五月女儿节，系端午索，戴艾叶、五毒灵符。宛俗自五月初一至初五日，饰小闺女，尽态极妍。出嫁女亦各归宁，因呼为女儿节。"此外，端午节吸收了金人射柳的风俗，明代官员有射柳等活动。射柳就是将柳枝上半部的青皮削去，露出的白色部分作为靶心，参赛者骑在飞驰的马上用弓箭射向靶心，谁能将柳枝射断并接在手里，谁就是获胜者。

清代端午节习俗沿袭前代，除了常见的节日活动，还形成了一些节日的禁忌，如不适合晒被褥、不宜给房子加顶等。这时吃粽子的风俗尤为盛行，皇宫在端午节这天甚至不吃其他食物，只吃粽子，称为"粽席"。粽子在口味上也形成了南咸北甜的格局。

节日活动和习俗

端午节作为中国四大传统节日中的一个，具有悠久的历史，也形成了众多的节日活动和习俗，由于中国地域较广，各地的习俗也有所不同，但吃粽子、划龙舟、挂艾草、戴五彩绳、饮雄黄酒、佩香囊、躲端午等是各地常见的习俗活动。

吃粽子

粽子原来也叫角黍，历史悠久，最初是用来祭祀祖先神灵的贡品。西周时期，每到夏至就会祭祀百物之神，用菰叶和黍米包裹成牛角形状的角黍，以仿效上古时用牛角祭祀的风俗。

端午节吃粽子最常见的说法是纪念、祭祀屈原。将粽子与屈原联系起来最晚是在南北朝时期。《续齐谐记》曰："屈原五月五日自投汨罗而死，楚人哀之，每至此日，以竹筒贮米投水祭之。"

诗歌里的中国

楚越之地自古便有投食江中祭祀水神的风俗，而屈原在五月初五这天投江，"楚人思慕，谓之水仙"。因此，当地人民就把屈原当作水神来祭拜。后来，粽子就逐渐成为端午节的应节食品，千百年来盛行不衰。

划龙舟

端午节划龙舟的习俗源于古人对龙的图腾崇拜。划龙舟作为节日活动在南北朝时期已经出现，是为了纪念屈原而进行的活动。人们划龙舟竞赛是为了驱赶江中的鱼虾，以免它们吃掉屈原的尸体。龙舟竞赛在南方较为盛行，如宋吴自牧《梦粱录》记载："西湖画舫尽开，苏堤游人，来往如蚁。其日，龙舟六只，戏于湖中。其舟俱装十太尉、七圣、二郎神、神鬼、快行、锦体浪子、黄胖，杂以鲜色旗伞、花篮、闹竿、鼓吹之类。其余皆簪大花、卷脚帽子、红绿戏衫，执棹行舟，戏游波中。"这是对西湖龙舟竞赛盛况的描绘，西湖岸边游人如蚁，湖中有六只龙舟参与竞渡，船上有各种神鬼和彩旗、花篮、鼓吹等，划龙舟的人则戴着大花，穿着色彩鲜艳的戏服。

龙舟竞赛包含请龙、祭龙神、游龙和收龙等几个环节，在比赛开始前要举行隆重的祭祀仪式。人们祭祀龙神希望获得龙神的保佑，以求风调雨顺，去邪消灾等。后来划龙舟的祭祀意义逐渐淡化，成为一项充满娱乐性和观赏性的民间表演活动。

挂艾草

端午节在门口挂艾草是为了祛毒去病，这一习俗起源较早，

诗歌里的传统节日

民间有"清明插柳,端午插艾"的说法。端午时天气潮湿闷热,五毒(蝎子、蜈蚣、蟾蜍、壁虎、毒蛇)横行,人们认为把艾草、菖蒲等挂在门上能驱除毒虫。《荆楚岁时记》:"鸡未鸣时,采艾似人形者,揽而取之,收以灸病,甚验。是日采艾为人形,悬于户上,可禳毒气。"可见,南北朝时期,人们已认识到艾草可以用来治病祛毒。除了在门上挂艾草,人们还有佩戴艾虎的习俗。这一习俗在魏晋时已出现,晋代周处《风土记》:"以艾为虎形,或剪彩为小虎,帖以艾叶,内人争相裁之。以后更加菖蒲,或作人形,或肖剑状,名为蒲剑,以驱邪却鬼。"就是将艾叶剪成虎的形状,或者把纸剪成虎的形状,贴上艾叶,戴在头上或身上。后来还有把菖蒲剪成人形、剑形等用来驱鬼。清《燕京岁时记》就记载了这一习俗:"每至端阳,闺阁中之巧者,用绫罗制成小虎及粽子……以彩线穿之,悬于钗头,或系于小儿之背。古诗云'玉燕钗头艾虎轻',即此意也。"

戴五彩绳

端午节戴五彩绳的习俗源于古代的长命缕。在古代,青、红、白、黑、黄是象征五方和五行的五种颜色,被认为是吉祥色。此俗汉代已有记载,东汉应劭在《风俗通义》中就有描述:"午日,以五彩丝系臂,避鬼及兵,令人不病瘟,一名长命缕,一名辟兵绍。"发展到后来,逐渐演变为编五彩绳系在手臂上以驱邪。系在小孩手臂或者脖颈上的彩绳要一直系到七夕——"七娘妈"的生日,才取下来烧掉。也有说在端午节后一个下雨天就取下来,扔在雨中,象征让烦恼、疾病等顺着雨水流走。

◆ 元人天中佳景图

"天中"是端午的别称,瓶中插蜀葵、石榴、菖蒲等五月花卉,枝梢系有香囊。盘中摆设粽子、荔枝、石榴等。画面上方是道教的灵符四道,锺馗画像居中。整幅画有端午驱鬼迎福之意。

诗歌里的传统节日

饮雄黄酒

雄黄是一种矿物质，也是一种常见的中药，具有杀毒、避邪的功能。《神农本草经》中对雄黄的记载为："味苦，平，寒……杀精物、恶鬼、邪气、百虫毒。"于是，人们将雄黄、朱砂等泡于酒中用来解毒避邪，民间有"饮了雄黄酒，百病都远走"的谚语。在端午节这天，人们还会在小孩的耳朵、鼻子、胸口、手腕、脚腕等抹上雄黄酒，有的还会在小孩的额头上蘸酒写"王"字，这一活动也被称为"画额"，有人在家里的角落、阴暗的地方也会洒上一些雄黄酒。冯应京在《月令广义》中对这一习俗有详细的记载："五日用朱砂酒，辟邪解毒，用酒染额胸手足心，无虺（古书上说的一种毒蛇）蛇之患。又以洒墙壁门窗，以避毒虫。"

佩香囊

端午节佩香囊与挂艾草、戴艾虎、饮雄黄酒等习俗的作用类似，也是为了辟邪驱瘟。香囊主要用朱砂、雄黄、香草药等填充，可以做成各种形状，用五色细线串起挂在胸前或腰间，既美观又可防毒虫。在山西、陕西一带还流行让小孩穿绣有"五毒"图案的背心和鞋子，佩戴香囊。

躲端午

躲端午是指接出嫁女儿回家过端午节，也叫躲午、女儿节。端午节被称为恶月恶日，有诸多禁忌，所以接女儿回家以躲避。《滦州志》有明确记载："女之新嫁者，于是月俱迎以归，谓之'躲端午'。"

诗歌里的中国

采药沐浴

　　采草药的习俗较早,《大戴礼记·夏小正》中已有记载:"因此此日蓄药,以蠲除毒气。"端午节前后草药已成熟,药性最好,因此逐渐形成端午节采草药的习俗。南北朝时期,采草药的活动已非常盛行,《荆楚岁时记》有"五月五日,竞采杂药,可治百病"的记载。端午沐浴也称沐兰汤,也是《大戴礼记》中记载的一项古代习俗。端午是一年中阳气最盛的时候,也是草药药性最强的时候,这天用草药煮水洗澡可以去病防毒虫。端午沐浴用的兰草就是《九歌》中"浴兰汤兮沐芳"所用的兰草,即一种有香气的佩兰,后来逐渐演变为艾草、菖蒲等。

诗歌里的传统节日

六幺令·天中节

宋·苏轼

虎符①缠臂,佳节又端午。门前艾蒲青翠,天淡纸鸢舞。粽叶香飘十里,对酒携樽俎。

龙舟争渡,助威呐喊,凭吊祭江诵君赋。

感叹怀王昏聩,悲戚秦吞楚②。异客垂涕淫淫③,鬓白知几许。朝夕新亭对泣,泪竭陵阳处。

汨罗江渚,湘累④已逝,惟有万千断肠句。

苏轼,字子瞻、和仲,号铁冠道人、东坡居士,世称苏东坡、苏仙,北宋文学家、书法家、美食家、画家。

主旨

　　这首词描写的是端午节的风俗活动，实则是借古讽今，抨击北宋王朝的腐败。

注释

①虎符：艾虎，用绫罗布帛等缝制成虎的形状，以雄黄、艾草等填充，缝在小孩的衣服上以辟邪。
②秦吞楚：秦国灭掉楚国。
③淫淫：泪流不止。明张煌言《答延平世子经书》："在不肖空瞻帷幄,似失骈幪,更不禁泪之淫淫下也。"
④湘累：屈原。

诗里诗外

　　屈原姓芈，名平，字原；又自云名正则，字灵均。约公元前340年出生于楚国贵族，是楚武王熊通之子屈瑕的后代。屈原虽与楚王室同族，但他的家庭已经不再显赫。不过，屈原自幼就立下了报国之志。
　　屈原凭借出众的才能很快就得到了楚怀王的信任和赏识。为

诗歌里的传统节日

了楚国的强大,屈原出使齐国,以丰富的学识和优秀的口才,最终说服齐国和楚国结盟,共同对付秦国。另一方面,楚怀王看到秦国崛起,也试图变法图强。屈原深知变法必然会触动楚国贵族的利益,稍有不慎就有可能丧命,却还是毅然接受了变法重任。

通过一系列政策,屈原变法取得了显著成就。成就给屈原带来了荣耀的同时,也为他招来了灾祸。被触动了利益的守旧势力试图拉拢屈原,无奈屈原不为所动。于是守旧势力开始在楚怀王面前大肆攻讦与谗毁屈原,誓要将屈原置于死地。而楚怀王竟然听信谗言,不辨然否,疏远屈原,导致君臣有嫌隙。公元前314年,楚怀王听信上官大夫等人的谗言,将屈原罢黜,由左徒贬为三闾大夫。三闾大夫只是个主持宗庙祭祀、兼管教育的闲职,没有半点实权,屈原在朝廷被完全架空了。但楚国的这帮老世族觉得这还不够,认为只要屈原还待在都城内,那就有可能再次被楚怀王任用,必须将他赶出都城,越远越好。于是,在这帮佞人多次诋毁后,楚怀王还是放弃了屈原。公元前313年,屈原被流放到了汉北地区(今河南西峡、浙川、内乡一带)。这也是屈原第一次遭遇放逐。

楚怀王轻信谗言,盛怒而罢黜屈原后,变法之事也随之流产。这也让秦国钻了空子,张仪带着大批财宝来楚国大肆贿赂贵族,趁机拆散了楚、齐两国的联盟。随后,楚国接连吃了两次败仗。楚怀王又想起了屈原,重新将他召回朝堂,但并未打算重用他。后来,秦昭襄王继位后,楚国与秦国的关系好转,楚怀王彻底失去了对屈原的信任。

屈原终于意识到,朝堂早已混乱不堪,朝臣之间尔虞我诈,于是,"宁溘死以流亡兮,余不忍为此态也"。后来,楚怀王困于秦期间,楚顷襄王继位,屈原想要再次施展自己的政治抱负,但是楚顷襄王同样不给他机会。屈原虽有报国之志,却只能在一次次的流放中老去。

在楚国都城被秦国攻陷后,屈原彻底绝望了,一生"虽九死其犹未悔",但最后也只能以身殉道。公元前278年农历五月初五,屈原怀着极度苦闷、绝望的心情,自沉汨罗江。

六月六

科普 //

六月初六是民间一个重要的传统节日,因各地习俗不同,有不同的名称,如天贶节、翻经节、姑姑节、神诞节、尝新节等。农历六月初六正值酷热的"伏天",所以这一天也是晒书、晒衣的节日。

起源与习俗

六月六是一个集合了多种民俗活动和传说的节日，各地有不同庆祝活动和民俗习惯。各地的节日名称不一，节日起源也不同。

神诞节是因大禹的生日而得名。晋代皇甫谧《帝王世纪》记载："鲧纳有莘氏，臆胸坼而生禹于石纽。郡人以禹六月初六生，是日熏修裸飨，岁以为常。"鲧娶了有莘氏之女修己，修己因感流星、吞神珠而怀孕，在石纽生下禹。郡人因六月初六是禹的生日，在这天供奉祭祀，后来就形成了习俗。苏轼在《上巳日与二子迨过游涂山荆山记所见》一诗的自注中也说："淮南人相传禹以六月六日生，是日，数万人会于山上。"说明在六月初六禹的生日这天，淮南人会上山祭祀。

南宋还将六月六定为崔府君的诞辰，这天成为纪念崔府君诞辰的节日。《梦粱录》记载："六月初六日，敕封护国显应兴福普佑真君诞辰。乃磁州崔府君，系东汉人也。朝廷建观在暗门外，聚景园前，灵芝寺侧，赐观额名曰显应。其神于靖康时高庙为亲王日，出使到磁州界，神显灵卫驾，因建此宫观，崇奉香火，以褒其功。此日内庭差天使降香设醮，贵戚士庶，多有献香化纸。"崔府君是民间信仰的道教神仙，朝廷为其建宫观，供奉香火。这天降香设醮，人们焚香祭祀崔府君神灵。

神诞节的习俗主要是祭神，有的地方形成了庙会，人们在六月六这天逛庙会或者爬山烧香祈福等。

诗歌里的传统节日

姑姑节就是在六月初六这天把嫁出去的女儿接回家招待一番再送回婆家。这一习俗起源于春秋时期的晋国。狐偃出身戎狄部落，才能非凡，而且是重耳的舅舅。重耳在外逃亡的十几年间，狐偃一直跟随重耳。重耳回国当上国君之后，狐偃也得到重用，称为国卿。由于能力突出，狐偃逐渐骄傲自大起来，后来气死了亲家赵衰。

有一年，晋国遭遇灾害，狐偃外出放粮救济百姓，临走之前计划六月初六回家过寿。狐偃的女婿得知这一消息后，决定在寿宴上刺杀狐偃，为父亲报仇。不过刺杀计划被狐偃的女儿知道了，她就偷偷将丈夫的计划告诉了母亲。在外赈灾时，狐偃看到民间疾苦，深深体会到百姓的不易，对自己之前的行为也开始悔悟。寿宴当天，狐偃将女儿、女婿接回家，不但没有怪罪女婿，还当众向女婿认错赔罪。从此以后，狐偃收起了自己骄傲自大的性子，与女儿、女婿和好如初，并且为了感谢女儿当时救父的孝心，以后每年六月初六寿宴时都把女儿、女婿接回家做客。于是，人们也效仿狐偃将出嫁的女儿接回家，时间久了，就形成了"六月六，请姑姑"的习俗。

天贶节起源于宋代。宋真宗赵恒为了巩固统治，就说自己梦见了神仙。赵恒梦见玉皇大帝赐给他一本书，并对他说："保其书则保尔国。"说完后，赵恒醒了，他发现手里果真执一书。第二次降天书的日子刚好是六月初六，宋真宗便将这天钦定为天贶节，下令京师这天不得杀生，还亲自带领百官到上清宫举行仪式。这就是天贶节的来历。为了保书，赵恒谨遵玉帝之言，每年六月六晒书一次，以防止书发霉被蚀。与前朝相比，宋代文人更为雅致，他们的诗文中有许多关于晒书的记载。苏轼在《次韵米黻二王书跋尾二首》其一中写道:"三馆曝书防蠹毁,得见来禽与青李。"明清时期,人们对晒书更加重视。清代纪晓岚曾在这天在大庭广众之下晒自己的肚皮,说明他觉得自己的学问都在肚里了。

六月初六这天民间有晒伏的习俗,就是民间晒衣服,官家晒袍服,文人晒书。也叫晒红绿、晒龙袍等。这天也被叫作翻经节、晒经节。

晒经节的说法起源于唐代,唐僧师徒取经过通天河时,得到过一只老鼋的帮助。佛祖答应唐僧取经成功后就帮它修成人形。唐僧师徒取经回来时,佛祖赐了一只金盒子,里面有八个馒头,示意老鼋吃了馒头过八百年就能修成正果。没想到猪八戒太贪吃,路上把馒头偷吃了。他们过通天河时,老鼋得知馒头被猪八戒偷吃了,非常生气,就往下沉了一下,经书就浸了水。唐僧师徒忙把经书摊到岸上翻晒,这天是六月初六,后来寺庙里就把这天定为晒经日。

晒红绿的习俗起源于周武王时期。商朝末期,纣王昏庸残暴,周武王姬发率军讨伐纣王。浩浩荡荡的大军渡过黄河,向商朝都城朝歌行进,到朝歌南郊牧野之地时,大军安营扎寨,准备休整一下再攻打朝歌。大军营寨还未安扎好就下起了瓢泼大雨,将士们全都淋成了落汤鸡。这时正是伏天,天气潮湿闷热,周武王担心湿衣服霉烂,六月初六这天天气晴朗,姬发就下令全军翻晒衣服。几万大军同时把湿衣服拿出来晾晒,姬发夫人也将衣服摆出来晾晒,顿时花花绿绿一片。牧野的百姓看到周武王的军队晒衣服,也分别在房前屋后晒起衣服。从此以后,六月初六天气晴朗的日子,不管衣服有没有湿,人们都会把衣服拿出来晒晒,"六月六,晒红绿"的习俗就这样流传下来了。

关于晒龙袍的起源有两个传说。一个与乾隆皇帝有关,一个与龙王三太子有关。乾隆皇帝多次南巡,有一次到扬州巡游时,突然天降大雨,他赶紧躲到寺庙避雨,但衣服还是淋湿了。作为帝王,自然不愿穿僧人的衣服将就,就把外衣脱下来晾晒。这天正好是六月初六,后来,扬州就形成了"六月六,晒龙袍"的说法。另一个传说是龙王三太子为了保护庄稼,把龙袍脱下来变为麻布盖在田地上。人们为了纪念龙王三太子,每年六月初六这天,就把自家的衣服、被褥等拿出来晒,就叫晒龙袍。

尝新节在各地有不同的传说,仅举一个例子,在远古时候,天神大怒,发起了滔天洪水。为了拯救生灵,神农让他的白狗到天上去偷谷种。白狗历尽艰辛,终于找到了天神的晒谷场,聪明的白狗在晒谷场上打了个滚,身上就沾满了谷种。但白狗不幸被天神发现了,天神就派天兵天将追杀白狗,白狗九死一生终于回到人间,可惜身上的谷种都被河水冲掉了,只有露出水面的尾巴尖上还剩下一些。神农小心翼翼地种下谷种,后世才有五谷可吃。为了感谢白狗的功劳,神农就规定每年收获的谷物要先给狗尝,这就是尝新节的来历。

江苏淮安六月六有吃炒面的习俗。这一习俗与一个叫善姑的姑娘有关,相传在很久以前,淮安东门外不远处就是大海。每年六月初,四海的龙王就聚集在黄河入海口的上空摆阵,比赛各自行云布雨的本领。每到这个时候,淮安的天空便乌云密布,电闪雷鸣,大雨倾盆。黄河大堤常常决口,百姓苦不堪言。淮安有个何家庄,庄上有个姓何的姑娘，心地善良，而且心灵手巧，大家都叫她善姑。每年的六月初，家家户户的成年男子都要到黄河边筑堤，由于离家远，要多带些饼子，但六月天热，饼子容易馊。善姑为了让爹爹能吃得健康，冥思苦想，最后想到把面粉炒熟，每次吃的时候用开水一冲就可以，炒熟的面粉不容易坏，还有一股浓浓的香味。这个法子很快在庄上传播开来，大家都用善姑教的方法做炒面。

六月初六这天，四海龙王才刚摆好阵势，就闻到了一股香味。那味道实在是太香了，龙王们只顾着寻找香味，竟然忘记了比赛，还跑去找玉皇大帝。玉皇大帝掐指一算，原来是何家庄的善姑在为父亲做干粮。玉皇大帝也被这香味迷住了，也想尝尝味道，就让善姑上天。善姑来到天庭后，为了帮助家乡清除水患，就在六月初六这天做炒面，请四海龙王做客，他们吃着美味的炒面，就忘记行云布雨的比赛了。人们为了纪念善姑，就在六月初六这天吃炒面。

六月初六还叫洗象日。元代时，将六月初六定为洗象日。皇帝有一支由大象组成的仪仗队，每年六月初六要举行洗象仪式。明清时期，还建立了专门的象房、驯象所等，由专人负责驯养，乾隆时期，驯象师有一百多人。清代杨静亭在《都门杂咏》中描写了洗象的热闹场景："六街车响似雷奔，日午齐来宣武门。钲鼓一声催洗象，玉河桥下水初浑。"洗象这天敲锣打鼓，好不热闹，百姓争相观看，如同赶庙会一般。不过后来由于观看的人太多，导致大象发疯，伤到了人，便逐渐取消了。《燕京岁时记》对此事有所记载："象房有象时，每岁六月六日牵往宣武门外河内浴之，观者如堵。后因象疯伤人，遂不豢养。光绪十年以前尚及见之。"

诗歌里的传统节日

　　除了洗象,还有洗猫狗的。有人认为所谓的洗猫狗就是给小孩子洗澡,过去人们认为小孩的小名起得越贱越好养活。有的地方有关于六月六洗猫狗的俗语,如"六月六,家家猫狗水中浴""六月六,猫儿狗儿同洗浴""六月六,黄狗洗个浴"等。

寄润卿博士

唐·皮日休

高眠可为要玄纁①,鹊尾金炉一世焚。
尘外乡人为许掾②,山中地主是茅君③。
将收芝菌唯防雪,欲晒图书不奈云。
若使华阳④终卧去,汉家封禅用谁文。

皮日休,字袭美,一字逸少,曾居襄阳鹿门山,号鹿门子,晚唐诗人、文学家,与陆龟蒙齐名,世称"皮陆",著有《皮日休集》《皮子文薮》《皮氏鹿门家钞》等。

诗歌里的传统节日

主旨

　　这首诗表达了诗人对自己才华的自负，大有朝中大事舍我其谁之感。

注释

①玄纁：黑色和浅红色的布帛。诗中指朝廷聘用贤士的礼品。《后汉书·逸民列传·韩康》："桓帝乃备玄纁之礼，以安车聘之。"王禹偁《酬种放征君一百韵》："玄纁与丹诏，恩礼诚非薄。"
②许掾：许询，字玄度，被称为征君，东晋高阳人，曾被召为司徒掾。诗中泛指地方副佐。
③茅君：传说中在句容句曲山修道成仙的茅氏兄弟。李颀《题卢道士房》诗："秋砧响落木，共坐茅君家。"
④华阳：华阳通，汉代谏议大夫。

诗里诗外

　　皮日休作为晚唐诗人、文学家，极具才华，虽出身寒微，但运气不错，第二次参加科举考试就考中了，虽然只是榜末，但也被"分配了工作"。从此，皮日休来到了苏州。
　　缘分就是这样奇妙，皮日休除了没有显赫的家世，长相还有

点不尽如人意,就这样,竟然和"官二代"陆龟蒙成了一生的挚友。陆龟蒙可是名门之后,七世祖还是武则天时期的名相陆元方,父亲也曾做过御史。

皮日休和陆龟蒙二人的友情更多的是精神上的交流,二人才情相当,写诗那是思如泉涌,洋洋洒洒根本收不住笔。陆龟蒙有一次给皮日休写诗,一出手就是"五百言""一百韵",皮日休立马回了一首"五百言",又写了首"一百韵"的。第二天,一觉醒来,皮日休还是有点手痒,就又写了首"一千言"的。皮日休和陆龟蒙互相唱和的诗集《松陵集》就收录了二人创作的六百多首作品。

二人写诗不仅数量多,还变着法儿"斗诗"。有一次,陆龟蒙去皮日休家里拜访,二人到田野散步。皮日休看着眼前淙淙的溪流,摇曳的翠竹,诗性大发,随口吟出一首诗:"数曲急溪冲细竹,叶舟来往尽能通。草香石冷无辞远,志在天台一遇中。"皮日休笑着对陆龟蒙说:"你猜猜看,我诗中有哪三味药名?"陆龟蒙听罢,不禁暗暗赞叹,佩服不已,不过陆龟蒙也不差,略一思索,便猜出了药名藏在诗句的开头和结尾,即竹叶、通草、远志。猜出皮日休诗中暗藏的药名之后,陆龟蒙心中也拟好了一首:"桂叶似茸含露紫,葛花如绶蘸溪黄。连云更入幽深地,骨录闲携相猎郎。"皮日休听罢,对陆龟蒙也是油然生敬,但也猜出了陆龟蒙诗中的药名:紫葛、黄连、地骨。

这个"斗诗"的故事也许是后人根据皮、陆二人关系的附会之作。因为在《全唐诗》中,这两首诗均分别出自皮日休所作的《奉和鲁望药名离合夏月即事三首》之二、之三(陆龟蒙、字鲁望)。

回文诗虽然常被人讥为文字游戏,但要想写好也不容易,对于皮陆二人来说，那就是小菜一碟了。陆龟蒙曾给皮日休写了一首回文诗《晓起即事因成回文寄袭美》：

> 平波落月吟闲景，暗幌浮烟思起人。
> 清露晓垂花谢半，远风微动蕙抽新。
> 城荒上处樵童小，石藓分来宿鹭驯。
> 晴寺野寻同去好，古碑苔字细书匀。

皮日休不甘示弱，也回了一首《奉和鲁望晓起回文》：

> 孤烟晓起初原曲，碎树微分半浪中。
> 湖后钓筒移夜雨，竹傍眠几侧晨风。
> 图梅带润轻沾墨，画藓经蒸半失红。
> 无事有杯持永日，共君惟好隐墙东。

这两首诗自然流畅，成为诗坛上的佳话。

第二辑

菊花须插满头归

七夕节

科普 //

  七夕节,农历七月初七,也叫七巧节、七姐节、女儿节、乞巧节、七娘会、七夕祭、巧夕等,是祭拜"七姐"的传统节日,也是爱情的节日,被称为"中国的情人节"。七夕节以祈福、乞巧、祈姻缘等为主题。

诗歌里的中国

历史

　　七夕节由来已久，起源于上古时期，在汉代已经普及。七夕节起源于古代的天象崇拜，后来形成牛郎织女的传说。远古时期，人们对自然天象十分崇拜，通过长期观察，对天上的星辰进行划分和命名。在古人划分的星宿体系中，"牛宿"由六颗星星组成，在银河东岸，这几颗星组成了一个头上有两角的牛，被称为"牵牛"，"牵牛"南边有"天田"，再往南，还有"九坎"，即用来蓄水灌溉农田的洼地。牛宿的北部是"织女"星。通过这些星宿名称可以看出，这是古代农耕文明社会男耕女织生产方式的体现。《史记正义》："南斗、牵牛、须女皆为星纪，于辰在丑，越之分野，而斗牛为吴之分野也。"牵牛、织女等星作为天象星宿也对应着地理位置的分野，后来经过不断演化，这些星成为神话中的神仙。在民间进一步发展，就被赋予了"牛郎织女"的爱情传说。

　　牛郎织女的传说，给七夕节增添了浪漫的色彩。传说有一个放牛郎，幼年丧父，饱受兄嫂的欺负，但好在有一头忠诚的老牛为伴。老牛告诉牛郎，天上的七仙女要到河里去洗澡，只要拿走织女的衣裳就能娶到织女做妻子。一天，牛郎真的遇到了降临人间的七仙女。牛郎和七仙女中最年轻漂亮的织女相遇、相知，过上了男耕女织的恩爱生活，并且育有一子一女。后来，老牛将要死去的时候，嘱咐牛郎将它的皮剥下来，以后遇到危急时刻，可以帮得上忙。牛郎织女的生活甜甜蜜蜜，但可惜好景不长，玉皇大帝和王母娘娘知道织女与凡人结婚后大发雷霆。七月初七这天，

诗歌里的传统节日

王母娘娘带领天兵天将前往人间,欲将织女带回天庭,天神趁牛郎不在家时把织女带走。牛郎到家后找不到织女,赶紧披上牛皮带着两个孩子去寻找织女。在牛皮的帮助下,牛郎越飞越快,穿云破雾,银河已在不远处,清晰可见。就在牛郎要追上织女的时候,王母娘娘用簪子朝着银河一划,平静的银河瞬时变得波涛汹涌,巨浪滔天,牛郎再也无法飞过去了。牛郎织女遥遥相望,含情凝视,却不得相会。最后,玉皇大帝和王母娘娘为牛郎织女真挚的爱情所触动,允许他们每年七月初七可以相会一次。喜鹊为他们坚贞美好的爱情所感动,便展翅腾飞,在天河之上搭起了一座鹊桥。牛郎织女每年只能在农历七月初七这天夜晚于鹊桥相会。

七夕的起源与古人对天象和数字的崇拜有关。七在古代是一个特殊的数字。《周易·复卦》:"反复其道,七日来复,天行也。"孔颖达疏:"天之阳气绝灭之后,不过七日阳气复生,此乃天之自然之理,故曰天行也。"就是说天运行的规律是七天一个循环,往复如此。《诗经·小雅·大东》:"跂彼织女,终日七襄。虽则七襄,不成报章。睆彼牵牛,不以服箱。"意思是说天上的织女星每天移动七次,也织不成布,牵牛星也无法用来拉车。另外,第七日是女娲创造人类的日子,日、月和金、木、水、火、土五大行星被称为"七曜",七与"吉"谐音,被认为是一个吉利的数字。

七夕节的传统始于汉代,关于七夕的文字记载最早出现在东晋葛洪辑抄的《西京杂记》中:"汉彩女常以七月七日穿七孔针于开襟楼,人俱习之。"就是说汉代彩女常于七月七日在开襟楼(汉宫楼阁名)穿七孔针。这时除了穿针,还有晒书、晒衣服的活动,东汉崔寔《四民月令》:"七月七日作曲合蓝丸及蜀漆丸,暴经书及衣裳。"蓝丸和蜀漆丸大概是防虫蛀的药丸。这两则记载说明汉代七月七日开始形成固定的节日习俗。

魏晋时期，七夕节和牛郎织女的故事联系到一起。《文选》有七月初七织女渡过银河和牵牛相会的记载，这时织女嫁给牛郎的故事在民间也开始流行起来。随着牛郎织女故事的流传，他们被进一步神化，七夕节也不断受到民众的欢迎。根据《荆楚岁时记》记载，南北朝时，七夕节乞巧已经常见且形成了一定的形式，还有祭拜牵牛织女星、月下穿针等活动。

隋唐时期，七夕节的相关活动已经非常隆重。尤其是宫廷中，七夕之夜热闹非凡，建有专门的乞巧楼、穿针楼，宫中上自妃嫔，下至宫女，各执九孔针（或七孔针）、五彩线，比赛穿针技巧。《开元天宝遗事》记载："宫中以锦结成楼殿，高百尺，上可以胜数十人，陈以瓜果酒炙，设坐具，以祀牛、女二星。嫔妃各以九孔针、五色线，向月穿之，过者为得巧之候。动清商之曲，宴乐达旦。士民之家皆效之。"这记载的是宫中庆祝七夕活动的盛况，宴饮之乐，通宵达旦。有诗为证："向月穿针易，临风整线难。不知谁得巧，明旦试相看。"民间也效仿宫廷的做法，在七夕节这天祭祀牵牛织女星、乞巧等。

宋代时，七夕节正式定名。太平兴国三年（978），宋太宗专门颁布法令，以七月初七为七夕。这时，七夕节成为国家"法定假日"。宋代商业发达，加上统治者重视，七夕的活动丰富多彩，还出现专门售卖乞巧物品的市场，即乞巧市。乞巧市上车水马龙，可见七夕节热闹的节日气氛。宋代罗烨、金盈之所辑的《醉翁谈录》中记录了乞巧市上车马拥堵的情景："自七月一日，车马嗔咽，至七夕前三两日，车马不通行，相次壅遏，不复得出，至夜方散。"

诗歌里的传统节日

元代时,宫廷中流行斗巧的游戏,参与者主要是宫女,也就是比赛穿针技巧。元武宗还曾亲自主持斗巧宴,在七夕当天,皇帝亲自登彩楼,特许宠妃洪妃登楼剪彩带,五彩丝线纷纷洒落在台下,楼下的妃嫔、宫女争抢彩线,竞相斗巧。获胜者能获得皇帝的赏赐,在七夕的第二天,宫中举办了斗巧宴。

明清时期,七夕节依然盛行,还出现了丢巧针的游戏,也就是"浮针乞巧"。明代由兵仗局准备宫中乞巧的针线。兵仗局为明八局之一,主要是掌管刀、枪、剑、戟、鞭、斧、盔、甲、弓、矢等军用器械和宫中零用的铁锁、针剪及法事所用钟鼓等的制造。七夕节的斗巧活动更加丰富,在七月初六,宫女们取宫中井水,将白天取的水和夜晚取的水混合倒入盆中,即为鸳鸯水。七夕这天,把鸳鸯水放在太阳下暴晒,水面会生成一层薄膜,把针轻放在水面上,观察水底的针影,如果针影为云龙形、花草形,就是得巧,否则就是输巧。清代时,宫中设置乞巧宴,皇后亲自主持七夕活动,祭拜牛郎织女等,祭祀的牌位上分别写着"牵牛河鼓天贵星君""天孙织女福德星君"。此外,清代时宫中还盛行一种"掷花针"的乞巧活动。

节日活动和习俗

七夕节作为古老的传统节日,因为有"牛郎织女"的美丽传说加持,自然少不了爱情的元素,因而是一个充满浪漫色彩的节日。又因祭拜的织女是织布能手,女子乞巧是希望向织女学习手艺。

因此，乞巧成为七夕节的主要活动和习俗，此外，还有迎仙、拜神、乞姻缘、求子、"听悄悄话"、晒书晒衣、节日食俗等。

乞巧

七夕节乞巧有多种形式，最主要的是穿针乞巧，此外还有蜘蛛乞巧、浮针乞巧等。

穿针乞巧是最常见的形式，也叫赛巧，女子用彩线穿针孔，看谁穿得又快又好，赢者就是得巧，穿得慢就是输巧。输巧者要把礼物送给得巧者。随着时代的发展，赛巧的难度也在增加，如乞巧有穿七孔针，还有九孔针。《荆楚岁时记》中记载的是："七月七日为牵牛、织女聚会之夜，是夕，人家妇女结彩缕，穿七孔针，或以金银鍮石为针。"五代王仁裕的《开元天宝遗事》、元代陶宗仪的《元氏掖庭记》都记载了七夕穿九孔针的活动。七夕乞巧也受到统治者的支持，如《舆地志》载："齐武帝起层城观，七月七日，宫人多登之穿针。世谓之穿针楼。"齐武帝为支持乞巧，建立层城观以供宫人穿针乞巧。

蜘蛛乞巧也叫喜蛛应巧，是晚于穿针乞巧的一种乞巧方式，大概兴起于南北朝时期。《荆楚岁时记》中有相关记载："陈瓜果于庭中以乞巧，有喜子网于瓜上则以为符应。"就是在七夕这天晚上，在庭院中摆上瓜果以乞巧，看蜘蛛在瓜果上结的网来判断是否应验。唐宋以后，关于蜘蛛乞巧有较多的记载，也是民间常见的乞巧方式，不过每个时期判断得巧的标准有所不同，南北朝以是否结网判断输赢，唐朝以结网的疏密来判断，宋朝以网的圆正来判断，等等。喜蛛应巧在不少文人笔下也有记载，如宋代李复《七夕和韵》中就有"天上还应分凤轸，人间又喜见蛛丝"的描写。

浮针乞巧是根据浮在水面上的针在水底倒影的形状来判断得巧与否。这一习俗是穿针乞巧的演变，主要流行于明清时期的北方地区，《宛署杂记》《帝京景物略》《日下旧闻考》等都有记载。

晒书、晒衣

七夕节晒书、晒衣的习俗出现较早，西汉建章宫就有专门晒衣的地方——曝衣阁，宋卜子在《杨园苑疏》载："常至七月七日，宫女登楼曝衣。"东汉《四民月令》中也有相关的记载。这一习俗源于人们认为七月初七是龙王爷的"晒鳞日"，这天天门大开，阳光强烈，晒书、晒衣能够防止书遭虫蛀、衣服发霉等。晒书在宋代开始受到重视，也有六月六晒书的说法。晒书在南方更受重视，这与南方梅雨天气较多，书更容易发霉有关。明方豪《赠陈生》诗："若问生涯无可答，梅天犹有晒书忙。"

乞姻缘

牛郎织女的故事家喻户晓，织女后来在民间被称为七姐、天仙娘娘、七娘妈等，成为情侣、妇女、儿童的保护神。牛郎织女坚贞的爱情和对婚姻的执着令人感动，因此，他们也成为婚姻"不离不弃"的象征，世间有不少青年男女会在七夕的夜晚向织女祈求姻缘，这反映了人们对幸福生活的追求。浙江绍兴一些地方在七夕的夜晚"听悄悄话"的习俗与七夕乞姻缘的习俗类似。不过"听悄悄话"的是少女，她们会偷偷躲在长得茂盛的南瓜棚下，据说在夜深人静的时候如果能听到牛郎织女在鹊桥相会时说的悄悄话，

以后就能得到坚贞不渝的美好爱情。

求子

　　求子也是七夕节的一个重要习俗。种生求子有两种方法，一种是在木板上撒一层土，摆上一些小屋、花木等，做成村舍人家的样子，在土里埋上粟米的种子，让其长出绿苗。也有用豆类放在碗里泡发、出芽，然后用红、蓝丝绳将豆苗扎成束。《东京梦华录》中有详细的记载："以菉豆、小豆、小麦于磁器内以水浸之，生芽数寸，以红蓝彩缕束之，谓之'种生'。皆于街心彩幕帐设出络货卖。"宋代时开始有人专门售卖求子用的"种生"。为了求子，也有妇女买蜡塑的婴儿玩偶，回家浮在水上，有生子的吉祥寓意，这一活动被称为"化生"。宋元间，市场有卖"磨喝乐"作为七夕祭拜的对象，这是一种土塑的小玩偶，多为儿童玩具。《东京梦华录》载："潘楼街东宋门外瓦子、州西梁门外瓦子、北门外、南朱雀门外街及马行街内，皆卖磨喝乐，乃小塑土偶耳。"宋代售卖这种玩偶的地方很多，看来当时这种习俗活动很常见。种生既是求子的一种习俗，也是乞巧的一种习俗，种生乞巧的方式各地不同，有的地方类似于浮针乞巧。

迎仙拜神

　　各地迎的仙、拜的神不一样，但反映的是人们对美好生活的追求。如广州会在七夕拜仙禾、拜神菜，这些"仙禾"和"神菜"一般用谷物或绿豆泡发，待菜芽长到两寸多长时，用来迎仙。姑娘们在初六和初七两天晚上穿着新衣服、戴着新首饰，在夜空下，焚香点烛，跪拜迎仙。粤西部分地区有在七夕节拜菩萨、土地公的习俗，一般用粔、三茶五酒、水果等祭拜。福建一些地区有拜魁星的习俗，魁星是古代神话中掌管文章兴衰的神，一般想要求取功名的学子会在七夕这天祭拜魁星。拜魁星要先用纸糊一个两尺多高的纸人作为魁星，摆上茶、酒、肉等常见的祭品，祭拜仪式非常隆重。

洗发、染指甲

七夕节洗发、染指甲是一些地方的节日习俗。有的地方年轻的姑娘会用泉水、河水洗发，象征着取银河水洗发，能得到织女的护佑，保持年轻美丽，也可以让少女得到美满姻缘。在湖南、浙江等地人们还会用桃枝、柏叶等煮水洗发，如湖南《攸县志》："七月七日，妇女采柏叶、桃枝，煎汤沐发。"

染指甲是中国西南地区的节日习俗，主要是用花草等植物的汁液染指甲，染指甲的多是女子和儿童。

节日食俗

七夕节的饮食习俗大约形成于魏晋南北朝时期，晋代周处的《风土记》中有相关记载，七夕这天，北方有吃汤饼的习俗。到南宋时，七夕节的食物主要是千层饼和油酥饼等。七夕之所以吃饼，与饼的形状有关，圆形象征着团圆，寓意是牛郎织女相会，团圆美好。七夕节吃的饼也被称为"巧饼"。除了巧饼，巧果也是七夕节的应节食物。巧果的主要制作材料是面粉、糖、芝麻等，一般用面粉、糖浆、芝麻和面，擀薄切块，折成巧果坯，放入油锅炸至金黄即可。

◆清画院画十二月月令图 七月（局部）

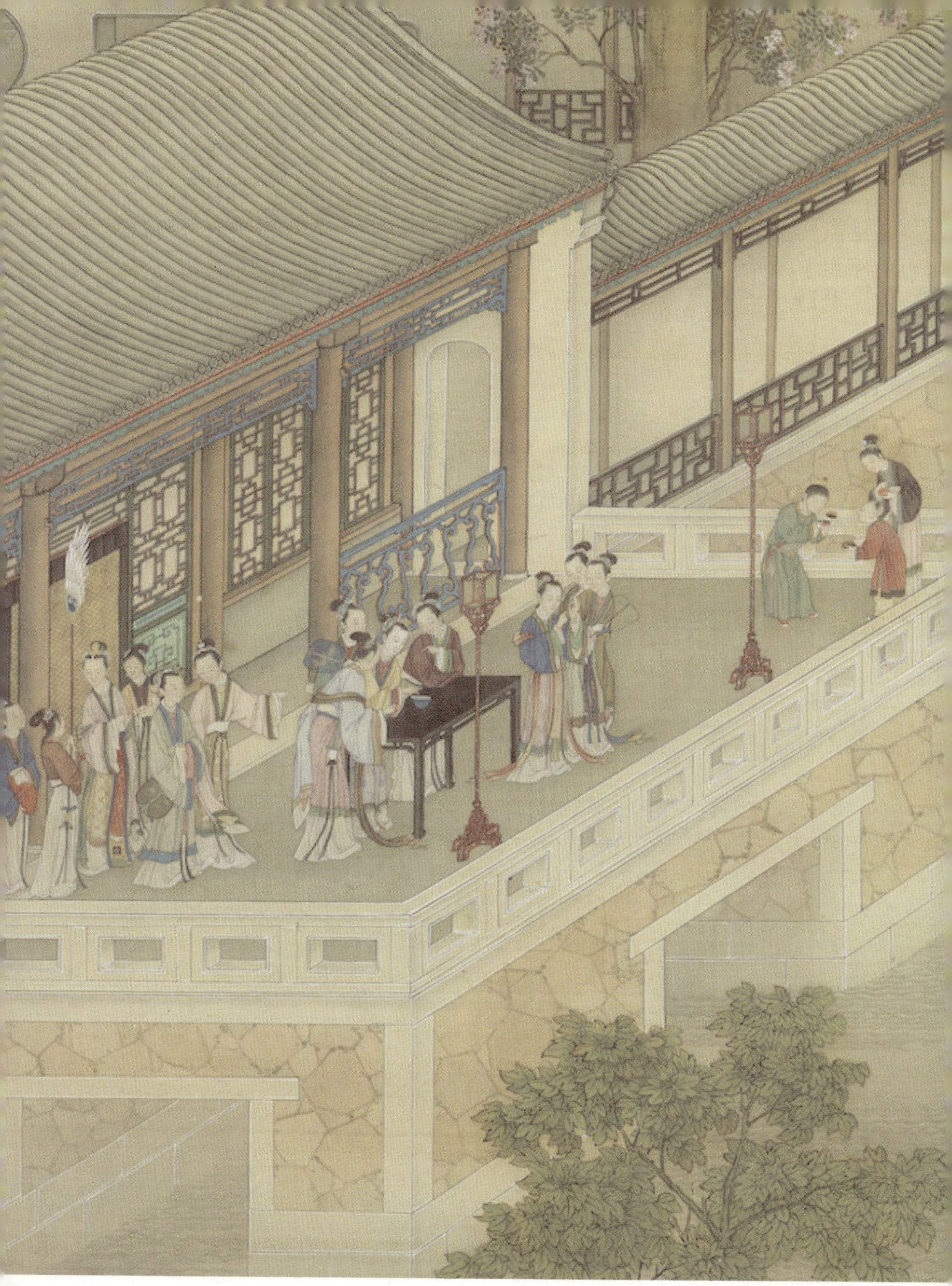

七夕穿针

南北朝·柳恽

代马①秋不归,缁纨②无复绪。
迎寒理衣缝,映月抽纤缕③。
的皪愁睇光,连娟④思眉聚。
清露下罗衣,秋风吹玉柱⑤。
流阴稍已多,余光亦难取。

柳恽,字文畅,南朝齐、梁间大臣、诗人,诗风清新秀丽,著有《清调论》《棋品》,今不存。

诗歌里的传统节日

主旨

这是一首闺怨诗,诗人通过七夕本该穿针乞巧的娱乐来对比女子裁衣寄远的凄凉和伤感,反映了社会的动乱和百姓的疾苦。

注释

①代马:在代地从军。代地在今河北、山西北部。汉文帝刘恒继位前被封到代国为王。

②缁纨:黑、白绢丝织物,诗中指衣物。缁,黑色。《说文解字》:"缁,帛黑色也。"纨,细绢。《说文通训定声》:"纨,素也。从系,丸声,谓白致缯,今之细生绢也。"

③抽纤缕:穿针孔,缝衣物。

④连娟:纤细弯曲。苏轼《白鹤峰新居欲成夜过西邻翟秀才二首》其一:"连娟缺月黄昏后,缥缈新居紫翠间。"

⑤玉柱:玉制的弦柱,指弦乐器。冯延巳(一作欧阳修)《蝶恋花》:"谁把钿筝移玉柱,穿帘海燕双飞去。"

诗里诗外

柳恽这首诗看起来是写七夕,实际上是从女子角度抒写对在外丈夫的思念，整首诗不见七夕穿针的欢快，只有月光下妻子紧蹙的眉头和充满愁绪的眼神。南北朝是一个动乱的时期，百姓深受战争之苦。丈夫在外打仗，妻子在家思念不已。爱情在任何时代总是美好的，但如果相爱的人不得相见，思念就无法遏制。

于是我国古代诗歌就出现了一个特殊的类型——闺怨诗。闺怨诗主要是写弃妇、思妇的情感，有女子自己所写，也有男子模仿女子口吻所写。柳恽的这首诗便是男子以女子的口气写成，写的是女子思念在外从军的丈夫。我国的闺怨诗主要集中在唐代，如王昌龄的《闺怨》：

闺中少妇不曾愁，春日凝妆上翠楼。
忽见陌头杨柳色，悔教夫婿觅封侯。

王昌龄这首闺怨诗写女子因思念丈夫而后悔当初让丈夫外出寻求功名。唐代从军远征，在边塞立功也是博取功名的一个重要途径，岑参在《送李副使赴碛西官军》中有"功名只向马上取，真是英雄一丈夫"的诗句。这是为了求取功名而离开家乡，离开亲人，但很多时候，人们是无奈地离开，如李白《子夜吴歌》中的"何日平胡虏，良人罢远征"就是一种被迫的离开。

除了表现思念的主题，闺怨诗还有表现被抛弃的主题。如欧阳修（一作冯延巳）的《蝶恋花》：

庭院深深深几许？杨柳堆烟，帘幕无重数。
玉勒雕鞍游冶处，楼高不见章台路。

诗歌里的传统节日

雨横风狂三月暮,门掩黄昏,无计留春住。
泪眼问花花不语,乱红飞过秋千去。

女子独自在家忍受寂寞,而丈夫却在外面风花雪月,表现的是深闺女子内心的凄苦和寂寞。

闺怨诗一般表现的情感比较细腻,多表现缠绵伤感之美,也是诗人喜欢吟咏的一类诗歌。除了上述主题,还有宫怨类、商妇类的闺怨诗。

中元节

科普 //

  中元节，是农历的七月十五日，民间俗称七月半，也叫鬼节、地官节、斋孤、施孤等，道教称为中元节，佛教称为盂兰盆节，这是一个道教、佛教、民间共有的传统节日。这是一个庆祝丰收、缅怀先祖的传统节日，最主要的习俗便是祭祖。

诗歌里的传统节日

历史

　　中元节可以追溯到上古时代的祖先崇拜和祭祀，古代在"七月半"农作物丰收时举行秋尝祭祖活动。远古时期，生产力水平低下，人们的认知有限，将农事的丰收寄托于神灵的庇佑。因此，在春夏秋冬都会祭祀先祖和自然。《礼记·月令》载："(孟秋)农乃登谷，天子尝新，先荐寝庙。"就是指秋天的祭祀，秋天是收获的季节，人们将收获的五谷进献于寝庙，一方面是对先祖的敬畏，另一方面也祈求先祖保佑。

　　这种对先祖的祭祀发展到东汉后，随着道教"三元说"的兴起，"中元"之名逐渐兴起。中元之名来源于道教，道教认为天、地、水为"三元"，也叫"三官"，是产生天地万物的三个元素，其中天官紫微大帝，诞于正月十五日，即上元；地官清虚大帝，诞于七月十五日，即中元；水官洞阴大帝，诞于十月十五日，即下元。三官分别在各自的节日下界巡游，如天官在上元节赐福，地官在中元节赦罪，水官在下元节解厄。

　　地官会在中元节这天为鬼魂祈福，赦免有罪之人。《道经》载："中元之日，地官勾校搜选众人，分别善恶……于其日夜讲诵是经，十方大圣，齐咏灵篇。囚徒饿鬼，当时解脱。"说的就是地官大帝在中元节普度孤魂野鬼，地府之门大开，众鬼可以回到人间，享受人间香火。中元节时，道教宫观会举行一些为民众祈福的道场，设神位，进行供奉等。这种说法来自道教的一些典籍，其真实性自然无法考证，但有劝人向善之意。

中元节这天也是佛教的盂兰盆节，盂兰盆节和"目连救母"的故事有关。根据《佛说盂兰盆经》的记载，目连看到母亲处于饿鬼道中，便给母亲送饭，但是食物还没入口，就化为火炭。目连大喊大叫，急忙求见佛祖。佛祖说：你母亲罪孽深重，不是你一人能够化解的，需要集合十方僧众之力，七月十五这天你要为七代父母、现在父母及处于困厄之人，备好百味五果放置于盆中，供养十方高僧。在佛祖的指引下，目连的母亲终于摆脱了饿鬼道的苦难。目连向佛祖请求礼佛的孝顺子弟也应当奉盂兰盆供养，佛祖赞同。佛教中的盂兰盆节由此而来，每年七月十五佛教徒都会举办盛大的盂兰盆会供奉佛祖、僧人，久而久之，就形成了鬼节的风俗。

中元节作为传统节日，其产生的历史非常悠久。佛教自东汉传入我国之后，由于得到统治者的推崇，发展迅速。南北朝时期，社会的动荡使得佛教更加深入人心。自从梁武帝在南方设立盂兰盆会之后，皇宫、寺院会举行盂兰盆会，后来逐渐成为一种习俗。唐代统治者十分推崇道教，并下令将七月十五日正式确定为中元节，这就使得中元节兴盛起来，也使流传在世俗的祭祖、佛教的盂兰盆会、道教的中元这三种习俗统一为中元节。

宋元时期，中元节这天几乎家家户户都会祭祖，祭拜逝去的亲人，还会放河灯超度孤魂野鬼。

明清时期，中元节已成为民间重要的节日，祭祀祖先、超度孤魂的习俗依然盛行。后来，随着人们认知的发展，中元节中宣扬封建迷信的成分被舍弃，但其中对祖先的祭祀和敬重被保留下来。

节日活动和习俗

中元节在古代是相当重要的一个节日，在民间体现在人们尤为重视对亡魂的祭祀仪式，不少人会在七月初一开始为亡灵供奉亡灵符，一直到七月末，送亡灵归阴结束。中元节奉施佛僧之功，祭野鬼之俗，早在南北朝时期就很流行。北齐人颜之推的《颜氏家训》记载："及七月半盂兰盆，望于汝也。"这是江北的情形。南朝梁人宗懔《荆楚岁时记》说："七月十五日，僧尼道俗悉营盆供诸佛。"这是江南的情形。可见大江南北之俗。关于中元节习俗，南宋陆游《老学庵笔记》卷七、孟元老《东京梦华录》均有记载。但在最初，道、佛习俗有别，后传至民间，重点就变成了祭祀祖先，不讲究鬼、佛、道的区分。此外，中元节还有放河灯、祭祀土地、祈求丰收等习俗。

祭祖

祭祖是中元节的主要习俗。传说七月十五日，地府会打开大门，放众鬼回到人间，民间就会举行祭祀，以欢迎祖先"回家"。乾隆时期的《普宁县志》记载："俗谓祖考魂归，咸具神衣、酒馔以荐，虽贫无敢缺。"祭祀一般用酒、肉、水果等作为祭品，人们首先要把先人的牌位请出来，虔诚地放到专门做祭拜用的供桌上，再在每位先人的牌位前插上香烛，每日供奉，直到七月三十日送回为止。有先人遗像的，也要请出挂起来。祭拜时，依照辈分和长幼次序，给每位先人磕头，口中念念有词以示祷告，以保佑自己和家人平安幸福。送回时，烧纸钱衣物，称"烧包衣"，也有做超度法事的。在江西、湖南的一些地区，中元节往往是比清明节或重阳节更重要的祭祖日。

烧纸也是祭祖的一项活动。在民俗信仰中，烧纸就是给已经逝去的亲人送钱。人们烧纸钱时，还会留下几张，带到十字路口烧掉，是希望那些无家可归的孤魂野鬼也有钱可花。这样做一方面反映了人们的善良，另一方面也是希望这些野鬼不要去抢自己祖先的钱。

放河灯

放河灯是中元节的一个习俗。河灯也叫"荷花灯"。河灯一般是在底座上放灯盏或蜡烛，中元夜放在江河湖海之中，任其漂泛。放河灯的目的，是普度水中的落水鬼和其他孤魂野鬼。放河灯的习俗源于上元节张灯习俗。人们认为中元节虽是鬼节，但也应该张灯，为鬼庆祝节日。不过人、鬼还是要有区别的，所以中元张灯和上元张灯是有区别的。人属阳，鬼属阴；陆为阳，水为阴。水下神秘昏黑，会使人想到传说中的幽冥地狱。所以上元张灯是在陆地，中元张灯则是在水里。

中元放灯的习俗从何时开始并没有具体的记载，但是根据史料可以知道，在宋代时这样的习俗就已经存在了。宋人吴自牧在《梦粱录》中记载："七月十五日……后殿赐钱，差内侍往龙山放江灯万盏。"可能是因为阴阳相隔，从阴间还阳时的路途太黑暗，百姓们给鬼魂放灯明路是一件善事，表达了在世的人们对已经死去的鬼魂依旧铭记在心的理念。

祭土地、祈丰收

中元节的起源便有庆祝丰收和祭祀土地。中国古代农耕社会对土地神十分崇拜，尤其是收获的季节，会举行盛大的祭祀仪式以庆祝丰收。后来逐渐形成中元节祭祀土地的习俗，就是将祭祀用的供品撒进田里，还要用剪成长条的五色纸缠在庄稼上，以保佑丰收。有的地方还会到土地庙进行祭祀。有的地方在中元节的晚上要在门口焚香，把香插在地上，象征着插秧，插得越多，代表越能获得丰收。

望月婆罗门引·中元步月

清·顾太清

海棠花底,乱蛩啼遍小阑干。月明云净天宽。立尽梧桐影里,深草露华①寒。听哀音几处,痛哭中元。

蒿灯细然,荡万点、小金丸。看到香消火灭,过眼浮烟。秋风庭院,破尘梦、清磬②一声圆。南窗下、剪烛更阑。

顾太清,原姓西林觉罗,名春,字子春,一字梅光,号太清,亦称西林太清,清代著名女词人,有"满洲词人,男中成容若,女中太清春"之谓,被誉为"清代的李易安",作品有《东海渔歌》《天游阁诗集》等。

诗歌里的传统节日

主旨

  这是一首关于中元节活动的词,通过对节日活动的描写引发读者对生与死的人生思考。

注释

①露华:露水。李白《清平调词三首》之一:"云想衣裳花想容,春风拂槛露华浓。"郑燮《和雅雨山人红桥修禊》之四:"草头初日露华明,已有游船歌板声。"
②磬:古代一种石制打击乐器和礼器,用于祭祀仪式,后来演变为玉制、铜制。

诗里诗外

  顾太清本是满族镶蓝旗人,祖父鄂昌是大学士鄂尔泰的侄子,不过因祖父受"胡中藻案"牵连,家道中落。但顾太清聪明伶俐,从小学习琴棋书画、诗词歌赋等。后与荣亲王永琪之孙奕绘相识相爱,成为奕绘的侧室夫人,从此进入王府生活。

  顾太清虽为侧室夫人,但与奕绘的感情较好,二人常常一起吟诗,倒也过得悠闲。如在北京郊游时所作的《浪淘沙》:

花木自成蹊。春与人宜。清流荇藻荡参差。小鸟避人栖不定,扑乱杨枝。

归骑踏香泥。山影沉西。鸳鸯冲破碧烟飞。三十六双花样好,同浴清溪。

这首词读来令人轻松愉悦,可见顾太清对当时的生活很是满足。

不过后来奕绘因病先逝,顾太清的生活也一落千丈。顾太清被赶出王府,带着年幼的子女艰难生活。

顾太清被赶出王府,有说是因为婆媳不睦,但传的更多的是一段被称为"丁香花案"的绯闻。这则绯闻与龚自珍有关。顾太清由于才华出众,与当时的一些文人有往来,甚至一起谈诗论文。但龚自珍的一些诗经过有心之人的传播与解读,便生出了不一样的"味道"。如龚自珍《己亥杂诗》第二百零九首:

空山徙倚倦游身,梦见城西阆苑春。
一骑传笺朱邸晚,临风递与缟衣人。

单看诗也没什么,关键是这首诗还有一行小注:"忆宣武门内太平湖之丁香花一首。"巧的是顾太清就住在太平湖畔不远处,而龚自珍在奕绘去世后还常去府上与顾太清论诗。这不免引起一些人的想法。

不知道龚自珍是真的不知情还是"情难自禁",接着又写了两首《桂殿秋》:

明月外,净红尘。蓬莱幽窅四无邻。九霄一派银河水,流过红墙不见人。

惊觉后,月华浓,天风已度五更钟。此生欲问光明殿,知隔朱扃几万重?

随着这两首词的传出,顾太清和龚自珍的流言被传得沸沸扬扬,成为街头巷尾、茶余饭后的谈资。龚自珍最后不得不离开京城。但顾太清与奕绘感情至深,怎么可能轻易爱上别人?

中秋节

科普 //

　　中秋节，农历的八月十五日，也叫祭月节、端正月、月光诞、月夕、秋节、仲秋节、拜月节、月娘节、月亮节、团圆节等，是中国民间传统节日。中秋节的主要活动有赏月、吃月饼等。2006 年 5 月 20 日，中秋节被国务院列入首批国家级非物质文化遗产名录。

诗歌里的传统节日

历史

　　中秋节起源于上古时代，源于对天象的崇拜，由古代秋夕祭月演变而来。远古时期，人们无法解释很多自然现象，就对自然现象产生了敬畏和崇拜，因而形成了早期的自然崇拜现象，尤其是天象崇拜。人们在长期的观察中，发现天象运行与农业生产有密切关系，后来就逐渐形成了对日、月、星象、土地等的祭拜。一般在春耕秋收的季节都会祭拜土地神，希望获得土地神的保佑，以求得庄稼的丰收。八月十五前后是秋收的日子，在祭拜土地神、汇报收获情况的同时，也会祭拜月神，祭月的习俗逐渐形成。《周礼·春官宗伯·典瑞》郑玄注："天子常春分朝日，秋分夕月。"就是说天子在秋分时会祭拜月亮。古时祭月仪式十分隆重，《管子·轻重己》记载："秋至而禾熟。天子祀于太祖，西出其国百三十八里而坛，服白而絻白，搢玉总，带锡监，吹埙箎之风，凿动金石之音，朝诸侯卿大夫列士，循于百姓，号曰祭月。"可见古时对祭月的重视，不仅有固定的时间，还有固定的场所，专门设坛用来祭祀，还有祭祀穿的服饰、演奏的音乐、完整的仪式等，规模也十分盛大。祭月的习俗一直延续到清代。

　　中秋节的产生还有一些美丽的神话传说，给节日增添了浪漫的色彩。关于中秋节流传最广的一个故事是嫦娥奔月。传说后羿向西王母求得不死之药，妻子嫦娥趁其不在家的时候将仙药全部偷吃。吃完仙药的嫦娥身体变得非常轻盈，独自一人飞到月亮上去了，从此住在了月宫当中。人们似乎觉得嫦娥一个人居住在清冷的月宫中太过孤单，后来又在月宫的传说之中加入了玉兔以及受到惩罚在月宫中常年砍桂树的吴刚。关于嫦娥吃仙药也有另外一种说法：后羿射日后向西王母求得仙药，不忍独自升天，就交给妻子嫦娥保管。后来逢蒙趁后羿不在家威胁嫦娥交出仙药，情急之下，嫦娥将仙药吞下，然后就飞到了月宫。人们为了纪念嫦娥，就在月亮下摆放香案、供品，希望她平安吉祥。

中秋节纪念嫦娥的日期确定为八月十五日与唐玄宗有关。据说有一年的八月十五日，一位名叫罗公远的道人陪唐玄宗赏月。唐玄宗在赏月的时候，心生向往，希望能够到月亮上看看。罗公远听后，取出一根拐杖抛向空中，一道白光闪过，拐杖化作通往天上的银桥。罗公远陪唐玄宗登上银桥，走了一段后，来到一座宫殿前。宫殿前有一棵桂花树，树下有一只正在捣药的白兔，宫殿大门上方挂着"广寒清虚之府"的匾额。两人进入广寒宫，看见嫦娥在乐声中翩翩起舞。唐玄宗不觉听得入了迷，回到人间后，仍念念不忘，就凭记忆编制出了这首《霓裳羽衣曲》。为了纪念这一天，唐玄宗就把八月十五日确定为节日，后来就成了中秋节。

"中秋"一词出现较早，最早见于《周礼·春官宗伯》："中春昼击土鼓，吹《豳》诗以逆暑。中秋夜迎寒，亦如之。"可见，至少秦汉时期已有中秋夜迎寒的习俗。不过这时的中秋还没有节日的意义，还是作为历法和季节的名称。不过在魏晋时期出现了赏月的习俗，但还没有成为固定的节日。中秋直到唐朝才正式成为全国性的节日。唐朝时，长安一带中秋赏月的风俗已极为盛行。《酉阳杂俎》记载："长庆中，有人玩八月十五夜月，光属于林中如匹布。其人寻视之，见一金背虾蟆，疑是月中者。工部员外郎张周封尝说此事，忘人姓名。"可见当时中秋赏月习俗的流行。

中秋节盛行于宋代。在宋代，不管王公贵族还是普通百姓，几乎家家户户都会欢庆中秋节。《东京梦华录》记载："中秋节前，诸店皆卖新酒，重新结络门面彩楼，花头画竿，醉仙锦旆。市人争饮，至午未间，家家无酒，拽下望子。"也就是说中秋节前，各家店铺都会卖今年新酿的酒，店面也装饰一新，市人争相购买饮用。到中午，各家就都售罄，无酒可卖，只得暂停营业，回家过节。中秋节的庆祝活动有时会通宵达旦。《东京梦华录》记载："弦重鼎沸，近内延居民，深夜逢闻笙竽之声，宛如云外。闾里儿童，连宵嬉戏；夜市骈阗，至于通晓。"《梦粱录》也有类似记载："琴瑟铿锵，酌酒高歌，以卜竟夕之欢。"说明宋朝在中秋夜会通宵达旦地尽情狂欢。

明清时期，中秋节的节日习俗更加浓厚，祭月、拜月、赏月尤为盛行。基本每家都会设置"月光位"以拜月。中秋节团圆的节日意义更加明确。《帝京景物略》记载："八月十五祭月，其饼必圆，分瓜必牙错，瓣刻如莲花……其有妇归宁者，是日必返夫家，曰团圆节也。"中秋节的晚上，要以圆饼祭月。回娘家的女子，这天也必须返回丈夫家，因为这天家家户户都要团圆。

现在，中秋节依然是中国各地必过的节日。人们在中秋节的晚上吃月饼、赏月等，有不少地方还有在中秋节晚上摆上一些新鲜瓜果、月饼等祭月的习俗。

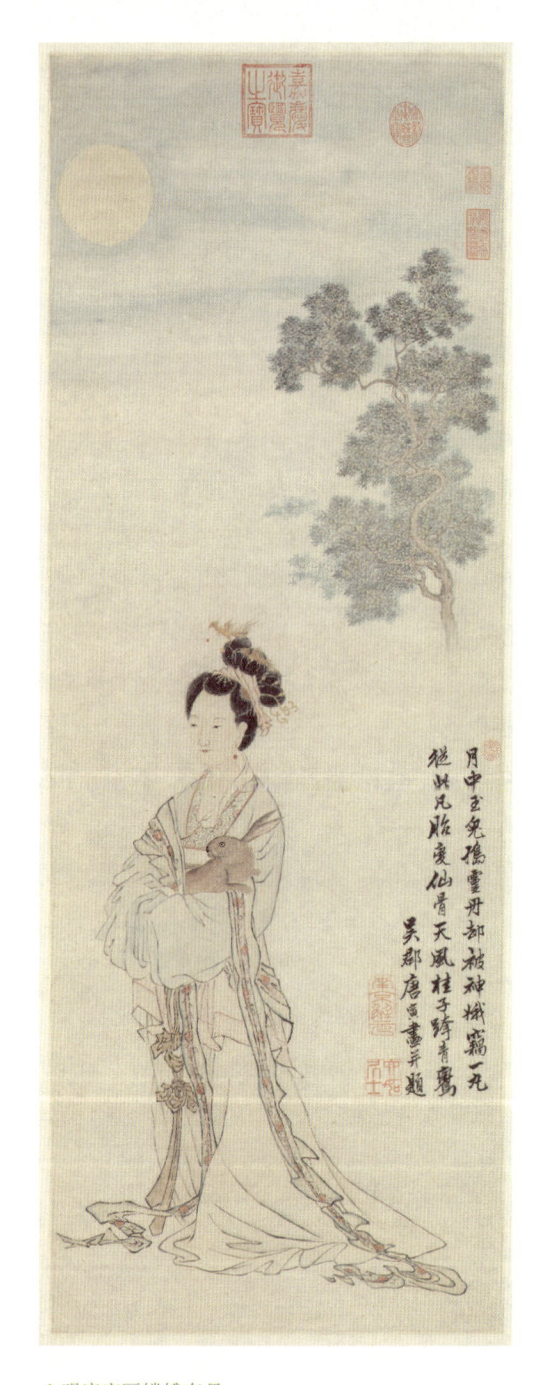

◆明唐寅画嫦娥奔月

嫦娥怀抱玉兔立于圆月与桂树之下，似有所思。

诗歌里的传统节日

节日活动和习俗

中秋节作为我国的传统节日，最主要的节日活动有拜月、赏月、吃月饼等，还有一些具有地方特色的节日活动和习俗，如北方的玩兔儿爷，南方的烧塔、放河灯、观花灯等。

祭月

祭月，也称拜月，是一种古老的习俗，源于人们对月神的祭拜活动。祭月最初是国家行为，具有祈福之意，后来这一活动传至民间，逐渐融入了一定的民间信仰，赋予了祭月丰富的民俗意义。如宋金盈之的《醉翁谈录》记载了当时京师中秋习俗："京师赏月之会，异于他郡。倾城人家子女，不以贫富，自能行至十二三，皆以成人之服饰之，登楼或于中庭焚香拜月。各有所期……俗传齐国无盐女，天下之至丑，因幼年拜月，后以德，选入宫，帝未宠幸，上因赏月见之，姿色异常，帝爱幸之，因立为后。乃知女子拜月有自来矣。"从金盈之的记载可以看出，宋朝京师女子拜月就融入了无盐女的故事。无盐是古代齐国的女子，长相不佳，是当时著名的丑女。无盐幼时便虔诚拜月，后来以品德入宫，但未获得宠幸。有一年八月十五日夜晚，齐宣王赏月时见到了无盐，觉得她异常美丽，就宠幸了她，并将其立为皇后。这就是女子拜月的习俗，女子拜月是希望自己的品德和才华能像无盐那样优秀。此外，这一习俗还融合了嫦娥的神话传说，因为嫦娥貌美，少女拜月，是期望"貌似嫦娥，面如皓月"。宋朝人除了少女拜月祈愿外，读书人和已婚夫妇也会在中秋节拜月,读书人拜月是希望科举考试能够高中,已婚夫妇拜月是希望能够多生贵子。

赏月

中秋赏月的风俗具体形成于何时已不可考,《曲洧旧闻》记载:"中秋玩月,不知起何时。考古人赋诗,则始于杜子美。而戎昱《登楼望月》、冷朝阳《与空上人宿华严寺对月》、陈羽《鉴湖望月》、张南史《和崔中丞望月》、武元衡《锦楼望月》,皆在中秋,则自杜子美以后,班班形于篇什。前乎杜子,想已然也,第以赋咏不著见于世耳。江左如梁元帝《江上望月》、朱超《舟中望月》、庾肩吾《望月》,而其子信亦有《舟中望月》、唐太宗《辽城望月》,虽各有诗,而皆非为中秋燕赏而作也。然则玩月盛于中秋,其在开元以后乎?今则不问华夷,所在皆然矣。"这段记载举了那么多例子,就是为了说明玩月的诗词虽早已有之,但都不是在中秋节所作。中秋节玩月并赋诗歌咏,则是始于唐代的杜甫。

玩月,也就是赏月,唐代时,中秋赏月已成为流行的节日习俗。唐代不少文献如《集异记》《明皇杂录》等都记载了唐玄宗时期中秋玩月的逸闻趣事。赏月习俗在文人之间更是盛行,从现存的诗歌中可见当时赏月盛况。如王建的《十五夜望月寄杜郎中》:"中庭地白树栖鸦,冷露无声湿桂花。今夜月明人尽望,不知秋思落谁家。"白居易《八月十五日夜湓亭望月》:"昔年八月十五夜,曲江池畔杏园边。今年八月十五夜,湓浦沙头水馆前。西北望乡何处是,东南见月几回圆?临风一叹无人会,今夜清光似往年。"司空图《中秋》:"闲吟秋景外,万事觉悠悠。此夜若无月,一年虚过秋。"

唐代以后，中秋赏月、咏月的习俗仍十分盛行。宋代歌咏中秋赏月以词为多，如辛弃疾《一剪梅·中秋元月》："忆对中秋丹桂丛。花在杯中。月在杯中。今宵楼上一尊同。"苏轼《西江月·世事一场大梦》："酒贱常愁客少，月明多被云妨。中秋谁与共孤光。把盏凄然北望。"明代时，皇帝会登高赏月，宫中戏班会演出一些与中秋相关的戏剧和神话故事，宫中妃嫔等在赏月、听戏的同时，品尝美食。

吃月饼

月饼最初是用来祭祀月神的供品，也叫月团、丰收饼、宫饼等，后来作为节日食品，成为中秋节的象征。中秋节吃月饼的习俗据说也起源于唐代。唐初，大将军李靖率军攻打匈奴，打了胜仗，在八月十五日这天班师回朝。朝廷设宴为其庆祝，这时有经商的吐鲁番人向唐朝皇帝献饼祝贺。唐高祖李渊接过饼，指着空中的明月说："应将胡饼邀蟾蜍。"这里的蟾蜍是指月亮，高祖说完之后，将饼分给群臣食用。从此以后，胡饼就在长安流传开了，后来被改称为月饼。也有说胡饼被称为月饼与杨贵妃有关。有一年八月十五日，唐玄宗和杨贵妃一边赏月一边吃胡饼，唐玄宗认为胡饼这个名字不好听，杨贵妃看着天上的月亮随口说道："这饼很像天上的月亮，叫月饼如何？"从此，胡饼就叫月饼了。

现存文献中，月饼一词最早出现在南宋吴自牧的《梦粱录》中。关于月饼的明确记载从宋代开始逐渐增多，但关于中秋节吃月饼的记载则是在明代较为普遍。到明代中后期，民间才有在中秋节制作月饼并馈赠亲友的习俗。沈榜在《宛署杂记》中记述了明代京师中秋节做月饼、赠月饼的盛况，坊民皆"造面饼相遗，大小不等。呼为月饼。市肆至以果为馅，巧名异状，有一饼值数百钱者"。这时有心灵手巧的饼师，把嫦娥奔月的故事作为图案印在月饼上，使得人们争相购买，甚至价格高达一饼数百钱。

现在，吃月饼早已成为人们过中秋节的必备习俗。

兔儿爷

玩兔儿爷是明清时期流行于北方（主要是北京地区）的中秋节风俗。兔儿爷是由月宫中的玉兔传说在世俗文化的影响下演变而成。兔儿爷是用泥捏制而成，兔首人身。纪坤《花王阁剩稿》记载："京中秋节多以泥抟兔形，衣冠踞坐如人状，儿女祀而拜之。"就是说在北京，中秋节人们多以泥抟制成兔子的形状，穿着衣服像人一样蹲坐着，用来祭拜月神。清代时，兔儿爷逐渐演变为儿童玩具。《帝京岁时纪胜·彩兔》："京师以黄沙土作白玉兔，饰以五彩妆颜，千奇百状，集聚天街月下，市而易之。"当时市场上所卖的兔儿爷，样式较多，色彩丰富，制作精巧。

烧塔

烧塔就是燃宝塔灯，是流传在江西、两广等南方地区的中秋节习俗。宝塔灯是孩子捡拾瓦砾搭建成的宝塔形状的灯。各地的塔灯略有不同，如广州儿童搭建的叫"番塔灯"，用碎瓦搭成；苏州村民则在旷野用瓦搭建成七级宝塔，中间供奉地藏王，四周燃灯；安徽、江西等地会在中秋夜用瓜制灯，形状像月；江西还有用瓦片堆成圆塔形，在塔中放置木柴，月亮升起时，点燃木柴，等瓦片烧红后，浇上煤油，火势突然变大，还发出噼里啪啦的响声。这种习俗是祭月活动的一种形式，表达了人们祈求平安的愿望。

花灯

中秋节是中国三大灯节之一，虽然没有元宵节隆重，但在南方，中秋节也有各式各样的彩灯。据《武林旧事》记载，在宋朝时期，已有放河灯活动。这种灯是水灯，被称为"一点红"，放入河中，任其漂流。不过，中秋节放河灯与中元节放河灯的意义完全不同，中秋节放灯是希望河神不要给人们带来灾难。除了河灯，还有各式用竹子扎制、用纸糊成的花灯。

除了上述习俗，中秋节还有各种不同的习俗，如浙江一带有在中秋观潮的习俗，江苏有烧斗香的风俗，潮汕地区有拜祖先的习俗等。

中秋月

宋·晏殊

一轮①霜影转庭梧,此夕羁人独向隅。
未必素娥无怅恨,玉蟾②清冷桂华孤。

晏殊,字同叔,谥号元献,北宋政治家、文学家,以词著于文坛,擅长小令。平生所作诗文较多,现仅存《元献遗文》《珠玉词》。

诗歌里的传统节日

主旨

　　这首诗描写的是中秋节羁旅在外的游子对故乡的思念之情以及对追求名利的宦游生活的怀疑。

注释

①一轮：一年。
②玉蟾：月亮。月宫也称蟾宫，即广寒宫。

诗里诗外

　　嫦娥作为中国古代神话中的人物，也叫姮娥、素娥等。关于嫦娥的最早记载见于商朝的卜书《归藏》，讲的是嫦娥奔月的故事。嫦娥奔月的完整故事最早见于西汉的《淮南子》。东汉时，嫦娥与羿的夫妻关系确立，但嫦娥飞升到月宫中变成了蟾蜍。不过在汉代的画像石中，嫦娥是人首蛇身的形象。南北朝以后，嫦娥的形象又变为女子，而且逐渐成为美丽的广寒仙子。

　　嫦娥作为月中仙子，成为中秋节祭拜的对象。在文人墨客的笔下，嫦娥是寂寞的、孤独的。晏殊在诗中从自己羁旅他乡的落寞想到月中的嫦娥，应该也是充满惆怅和怨恨的，月宫中的冷清

怎么能与家人团聚相比？

　　李商隐在《嫦娥》一诗中,通过"嫦娥应悔偷灵药,碧海青天夜夜心"中一个"悔"字,写出了嫦娥无尽的孤独和凄凉。嫦娥偷吃灵药长生不老又如何,与相爱的人从此天上人间,这种生离之苦是无穷无尽的。假若嫦娥没有飞升,那么死别之痛总有结束的一天。所以李商隐在《月夕》中写嫦娥的孤独时说:"兔寒蟾冷桂花白,此夜姮娥应断肠。"

　　明清时,随着市民文学的兴起,嫦娥的形象也逐渐世俗化,其形象出现在神话、诗词、小说、戏曲、舞蹈等多种艺术形式中。

重阳节

科普 //

  重阳节是中国民间传统节日，为每年农历的九月初九。古人以九为阳数之极，所以九月初九也叫重九、重阳。重阳节源于上古时代的天象崇拜，节日活动主要有登高、赏菊、佩戴茱萸、祭祖、敬老等，所以，重阳节也叫登高节、晒秋节、祭祖节、敬老节、老人节等。2006 年 5 月 20 日，重阳节被国务院列入首批国家级非物质文化遗产名录。

历史

重阳节的由来有多种说法。一种说法是登高避疫，这个传说出自南朝梁吴均的神话志怪小说《续齐谐记》。汝南一个叫桓景的人跟随费长房游学多年，有一年，费长房对桓景说："九月九日，你家中会有灾。速速回去，让家人各作绛囊，装上茱萸，系在胳膊上，登高饮菊花酒，可避免此祸。"桓景按照老师的嘱咐，带领家人登上山顶，傍晚回来的时候，看到鸡、狗、牛、羊等都死了。桓景将情况告诉老师，老师说："此法可世代相传。"现在人们每年九月九日登高山饮菊花酒，妇人佩戴茱萸囊的习俗就是源于这件事。

重阳节的另一个由来是秋收时祭天、祭祖的活动，这可以追溯到上古时期。古时人们认为是上天、神灵和祖先的庇佑，农作物才获得丰收，因此，就会举行祭祀祖先和天地神灵的活动，以感谢他们的恩德。《吕氏春秋·季秋纪》记载："（九月）命冢宰，农事备收，举五种之要。藏帝籍之收于神仓，祗敬必饬……是月也，大飨帝，尝牺牲，告备于天子。"也就是说，为了庆祝丰收，会举行隆重的祭祀仪式。后来，这种包含祭祖、宴饮等活动的祭祀仪式逐渐发展成为重阳节的内容。

重阳节之名源于中国古代的阴阳学说，得名于《易经》中的"阳爻为九"。古人认为奇数为阳，九是阳数中最大者，故为极阳之数，九月初九有"两九相重"，所以被称为"重九"，也叫"重阳"，喻示着阳刚之意，所以被视为吉祥的节日。明张岱《夜航船》曰："九为阳数，其日与月并应，故曰'重阳'。"

诗歌里的传统节日

　　重阳节的起源可以追溯到上古时期，重阳节的习俗活动在先秦时期已经存在，如屈原《远游》中关于重阳的诗句"集重阳入帝宫兮"，《吕氏春秋》中记载了关于九月的丰收祭祖活动。

　　汉代是中国经济文化融合的一个重要时期，这时重阳节的习俗开始普及。晋人葛洪辑抄的《西京杂记》中写道："汉武帝宫人贾佩兰，九月九日佩茱萸，食蓬饵，饮菊花酒，云令人长寿，盖相传自古未知其由。"《西京杂记》记载了汉武帝时期宫中在重阳节的一些习俗活动，如佩戴茱萸、吃蓬饵、饮菊花酒，目的是祈求长寿。不过为何会有这些习俗无人知晓，大概是自古传下来的。

　　魏晋南北朝时期，重阳节的节日气氛渐浓，宴饮、娱乐的成分增加。魏文帝曹丕在《九日与钟繇书》中记载了当时重阳节已有宴饮活动："岁往月来，忽复九月九日。九为阳数，而日月并应，俗嘉其名，以为宜于长久，故以享宴高会。"魏晋时期，赏菊饮酒的习俗更加盛行，文人墨客更喜在重阳节登高赋诗。陶渊明在《九日闲居》诗序文中说："余闲居，爱重九之名。秋菊盈园，而持醪靡由，空服九华，寄怀于言。"陶渊明爱菊是出了名的，喜爱重阳，因为这时满园菊花黄，美中不足的是无酒可饮，只能写下诗文以寄怀。南北朝时期，重阳节登高宴饮的活动更加普及，《荆楚岁时记》记载："九月九日，四民并籍野饮宴。"可见，这时重阳节已成为民间宴饮娱乐放松的重要节日。

　　唐代时，重阳节被正式确定为官方的节日，具体是在唐德宗年间。唐代是诗歌的盛世，自然有不少文士用诗文记录了重阳节的各种活动。如孟浩然的《秋登兰山寄张五》："何当载酒来，共醉重阳节。"王维的《九月九日忆山东兄弟》："遥知兄弟登高处，遍插茱萸少一人。"白居易的《重阳席上赋白菊》:"满园花菊郁金黄,中有孤丛色似霜。"陆龟蒙的《袭美醉中寄一壶并一绝,走笔次韵奉酬》:"正被绕篱荒菊笑,日斜还有白衣来。"从上述诗歌中可知,饮酒、赏菊、登高、佩戴茱萸等已是重阳节的重要活动。

宋代时,重阳节更加热闹,人们甚至会提前一天做准备活动。有的店铺还会用菊花装饰门店以吸引顾客。《东京梦华录》就记载了"九月重阳,都下赏菊"的盛况。

明代时,皇帝都会亲自登高望远,宫中妃嫔从初一开始就吃花糕庆祝。

清代时,重阳节的各种习俗活动更受重视,有人会将菊花插在门窗上,有些大户人家还会在家里举办菊花会等。

节日活动和习俗

重阳节作为中国民间传统节日,在历史发展过程中,形成了众多的民俗活动,如登高、赏菊、饮菊花酒、晒秋、吃重阳糕、插茱萸、放风筝、祭祖等。由于地域差异,各地还有一些独特的重阳节习俗。

登高

重阳节登高的习俗历史悠久,最初的目的是为了避灾,祈求健康长寿,后来逐渐演变成一种休闲娱乐方式。金秋时节,天高气爽,好友三五成群,择一山,登高远眺,像苏轼那样"与客携壶上翠微，江涵秋影雁初飞。尘世难逢开口笑，年少，菊花须插满头归"。因此，登高往往伴随着聚会饮酒等，以放松身心。《燕京岁时记》中记载了人们在重阳节登高宴饮之乐事："每届九月九日，则都人士提壶携榼，出郭登高。南则在天宁寺、陶然亭、龙爪槐等处，北则蓟门烟树、清净化城等处，远则西山八刹等处。赋诗饮酒，烤肉分糕，洵一时之快事也。"

赏菊

赏菊是重阳节的一个重要习俗。菊花象征长寿，又象征君子之德，自三国以来，重阳节赏菊赋诗已成为习俗。唐代以后，赏菊之风大盛。富贵人家还会在重阳节举办赏菊会。《燕京岁时记》记载："九花者，菊花也。每届重阳，富贵之家以九花数百盆，架度广厦中，前轩后轾，望之若山，曰九花山子。四面堆积者曰九花塔。"有钱人家在重阳节用数百盆菊花搭建成山、塔的形状，以供欣赏。

饮菊花酒

饮菊花酒也是重阳节的一种习俗。汉朝人已知在菊花盛开的时候，采其茎叶，以黍米酿酒的方法。《抱朴子》中记载了河南南阳地区山中人家因饮长满菊花的甘谷水而延年益寿之事。南朝梁简文帝在《采菊篇》中提到的"相呼提筐采菊珠，朝起露湿沾罗襦"，就是为酿酒而采菊。菊花酒也被称为长寿酒，重阳节饮菊花酒能醒脑明目、祛灾祈福。古代文人饮酒自然少不了赋诗，如卢照邻《九月九日登玄武山》："他乡共酌金花酒，万里同悲鸿雁天。"岑参《奉

陪封大夫九日登高》："九日黄花酒，登高会昔闻。"王缙《九日作》："今日登高樽酒里，不知能有菊花无。"杨衡《九日》："黄菊紫菊傍篱落，摘菊泛酒爱芳新。"

晒秋

晒秋作为重阳节的一种传统习俗在中国南方一些地区有所保留，这是一种农俗现象。人们在房前屋后或屋顶窗台晾晒各种农作物，如玉米、辣椒、高粱、柿子、菊花、茱萸等。晒秋，晒的是丰收的喜。

吃重阳糕

重阳糕是重阳节祭祀的祭品，古称蓬饵，在不同地区有不同的叫法，如米果、菊糕、花糕、细花糕、糙花糕等。据《西京杂记》记载，汉代已有九月初九日吃蓬饵的习俗。饵是一种用米面做成的糕，现在云南等地还有饵的叫法。《周礼》中饵是用作祭品或者在宴会上食用的食物。唐代时，重阳节吃糕已很流行。这时的重阳糕做成九层，如宝塔一样，最上层做两只小羊，以合重阳（羊）之意，还用竹签和纸做成小旗插在糕上。宋代时，重阳食糕的习俗大盛，不但糕点样式多样，而且吃糕还具有吉祥的民俗意义。《岁时杂记》："以片糕搭儿女头额，更祝曰：愿儿百事俱高。作三声。"这表达了家长希望子女顺利的美好愿望。除了自家食用重阳糕，亲友之间也会相互赠送重阳糕。

重阳节也被称为女儿节，重阳糕也是迎接出嫁女儿的食品。《宛署杂记》："用面为糕，大如盆，铺枣二三层，有女者迎归，共食之。"

就是用面制作重阳糕，上面铺两三层枣，将出嫁的女儿接回娘家一起吃糕。

插茱萸

插茱萸作为重阳节习俗，是为了避灾驱邪。《齐民要术》卷四引《淮南万毕术》云："悬茱萸子于屋内，鬼畏不入也。"屋内悬挂茱萸，鬼都害怕不敢进入。茱萸被称为"辟邪翁"，具有驱虫去湿、祛风邪的作用。插茱萸的习俗在汉代已有。茱萸除了直接插在头上，还可以悬挂在屋内，或者将茱萸做成香袋佩戴于手臂等处。宋代时，还流行将彩缯剪成茱萸、菊花的形状相互赠送和佩戴。

放风筝

放风筝是南方过重阳节的习俗。据说，重阳节放风筝是为了"放晦气"，风筝飞得越高，飞得越远，晦气也会远离，有人还会在风筝飞高之后将线剪断，让晦气随着风筝的消失而消失。清末风俗画家吴友如在《纸鸢遣兴》图中题有这样的文字："闽中风俗，重阳日都人士女每在乌石山、于山、屏山上竞放风筝为乐。"

祭祖

重阳节是传统的祭祖节日，起源于古代的秋祭。在南方有些地区，现在依然盛行在重阳节举行祭祖活动。祭祖要摆上祭品，以孝敬祖先，同时希望得到祖先的保佑。

◆ 清画院画十二月月令图 九月

院子里摆了许多盆菊花，人们参观赞赏；野外游人提着酒食，登高望远。

贺新郎·九日

宋·刘克庄

湛湛长空黑。更那堪、斜风细雨,乱愁如织。老眼平生空四海,赖有高楼百尺。看浩荡、千崖秋色。白发书生①神州泪,尽凄凉、不向牛山②滴。追往事,去无迹。

少年自负凌云笔③。到而今、春华落尽,满怀萧瑟。常恨世人新意少,爱说南朝狂客。把破帽、年年拈出④。若对黄花孤负酒,怕黄花、也笑人岑寂。鸿北去,日西匿。

刘克庄,初名灼,字潜夫,号后村,南宋豪放派词人、江湖诗派诗人、文章家、诗论家,著有《后村先生大全集》。

主旨

这首词写的是重阳节登高望远的感慨,抒发了山河破碎、壮志难酬的愤懑。

注释

①白发书生:作者自己。
②牛山:在今山东省淄博市东。词人此处借用齐景公游牛山之事。《列子·力命》:"齐景公游于牛山,北临其国城而流涕曰:'美哉国乎!郁郁芊芊,若何滴滴去此国而死乎?'"
③凌云笔:超绝的文才。《史记·司马相如列传》:"相如既奏《大人之颂》,天子大说,飘飘有凌云之气,似游天地之间意。"
④把破帽、年年拈出:此句用"孟嘉落帽"之典故。该典故出自《晋书·孟嘉传》:"(孟嘉)后为征西桓温参军,温甚重之。九月九日,温燕龙山,僚佐毕集。时佐吏并著戎服。有风至,吹嘉帽堕落,嘉不之觉。温使左右勿言,欲观其举止。嘉良久如厕,温令取还之。命孙盛作文嘲嘉,著嘉坐处。嘉还见,即答之,其文甚美,四坐嗟叹。"苏轼《南乡子·重九涵辉楼呈徐君猷》词:"酒力渐消风力软,飕飕,破帽多情却恋头。"鲁迅《自嘲》:"破帽遮颜过闹市,漏船载酒泛中流。"

诗歌里的传统节日

诗里诗外

　　菊花作为重阳节的重要象征，与菊花本身的特点以及文人的"追捧"有重要关系。菊花开在农历的九月，这时百花凋谢，唯有菊花傲霜枝，因此引起人们的关注，逐渐被人们赋予更多文化内涵。

　　曹丕在写给钟繇的信中对菊花的品质是赞不绝口："至于芳菊，纷然独荣。非夫含乾坤之纯和，体芬芳之淑气，孰能如此？故屈平悲冉冉之将老，思飡秋菊之落英，辅体延年，莫斯之贵。谨奉一束，以助彭祖之术。"曹丕先是将菊花的高贵品质赞美了一番，然后又提到菊花的功用，早在战国时期，屈原就以食菊来延年益寿。再加上道家学者、医者的推崇，菊花延寿的作用逐渐得到认可。西晋文学家潘岳曾经在《秋菊赋》中写道："既延期以永寿，又蠲疾而弭痾。"所以，菊花也被称为延寿客，重阳作为老人节，菊花自然与之最为契合。

　　菊花"名声大噪"则与陶渊明有关。因为陶渊明的那句"采菊东篱下，悠然见南山"，使得菊花成为"花之隐逸者也"，也成了超然物外、恬淡闲适的品格象征。东篱菊的文化内涵和意象进一步强化，如"因招白衣人，笑酌黄花菊""欲强登高无力去，篱边黄菊为谁开""惆怅东篱不同醉，陶家明日是重阳"等，菊花也与重阳节更加紧密地联系起来。

　　随着时代的发展，菊花作为重阳节的象征又被赋予了新的意义。李清照在《醉花阴·薄雾浓云愁永昼》中借咏菊表达了与丈

诗歌里的中国

夫分隔两地的孤独与寂寞,"东篱把酒黄昏后,有暗香盈袖。莫道不销魂,帘卷西风,人比黄花瘦";秦观在《满庭芳·碧水惊秋》中借菊抒发对自身际遇的哀伤,"问篱边黄菊,知为谁开?谩道愁须殢酒,酒未醒、愁已先回";"若对黄花孤负酒,怕黄花、也笑人岑寂",刘克庄在词中以反问的语气来表达自身的孤寂。

第四辑

竹炉汤沸火初红

寒衣节

科普 //

　　寒衣节也叫十月朝、授衣节、冥阴节、十月一、祭祖节等，是中国传统节日中的祭祀节日。人们在这天祭奠已逝亲人，焚烧纸衣，就是送寒衣，寄托对先人的哀思。民间将寒衣节、清明节、中元节并称为中国三大"鬼节"。

历史

  关于寒衣节的由来主要有三种传说。第一个传说与孟姜女有关，也是流传最广、最为著名的传说。孟姜女的丈夫范杞良（范喜良）被秦始皇抓去修长城，不久便累死了。寒冬来临前，孟姜女想到丈夫在边关要忍受寒冷，就缝制了抵御寒冷的冬衣，准备给丈夫送去。孟姜女千里迢迢赶到长城脚下，得到的却是丈夫的死讯。孟姜女悲痛万分，就对着长城日夜痛哭，后来感动了天地，哭倒了长城，露出了丈夫的尸骨，这天正好是十月初一。孟姜女千里寻夫送寒衣的故事感动了父老乡亲，也让人们想到了在外的亲人，于是就形成了每年在寒冬到来时给亲人送寒衣的习俗。人们还编了一首歌谣传唱："十月里芙蓉十月一，家家户户缝寒衣，人家丈夫把寒衣换，孟姜女万里寻夫送寒衣。"

  第二个传说与明太祖朱元璋有关。据说朱元璋在南京称帝，为遵照古礼，即《诗经》中的"七月流火，九月授衣"，在农历十月初一的早朝时，举行"授衣"礼，同时将刚收获的赤豆、糯米做成羹赏赐给群臣尝新。这些做法在民间流传下来，并形成习俗，就是寒衣节。南京地区有民谚："十月朝，穿棉袄，吃豆羹，御寒冷。"

  第三个传说与蔡伦的大嫂慧娘有关。蔡伦发明了纸，生意很好。蔡伦的大嫂慧娘就让丈夫蔡莫向蔡伦学习造纸技术。不过蔡莫技术不行，造出的纸很粗糙，卖不出去，夫妻二人都很着急。慧娘苦思冥想，终于想到了一个解决办法。一天半夜，慧娘假装暴病而亡。蔡莫伤心欲绝，在棺材前一边烧纸一边哭："都怪我造的纸质量太差，竟把你气死了。我要把这些纸都烧了，再也不让你生气了。"烧了一会儿纸后，突然听到棺材里有声响，仔细听，竟然是慧娘的声音："把门开开，我回来了。"人们吓傻了，把棺材打开后，就见慧娘慢慢坐了起来，还唱着："阳间钱能行四海，阴间钱可做买卖。不是丈夫把纸烧，谁肯放我回家来？"慧娘告诉大家她到阴间后阎王让她推磨，幸亏丈夫送了钱，不仅不用受累了，三曹官还偷偷把她放了回来。人们这才知道，原来蔡莫烧的纸成了阴间的钱。这件事很快就传开了，人们纷纷向他们买纸，烧给已经逝去的亲人。慧娘回到阳间的日子刚好是十月初一，后来就形成了在十月初一祭祀祖先、上坟烧纸的习俗。

寒衣节起源于周代的腊祭。腊祭就是以猎物为祭品，天子祭祀神灵和祖先。古人重孝，《礼记·祭统》云："孝子之事亲也，有三道焉：生则养，没则丧，丧毕则祭。养则观其顺也，丧则观其哀也，祭则观其敬而时也。尽此三道者，孝子之行也。"就是说子女对待父母，父母活着的时候要尽心赡养，死后要举办丧礼，葬后要祭祀。赡养父母要孝顺，父母死了要哀伤，祭祀时要敬重，这才是真正的孝子。因此，周代的腊祭非常隆重，而举行腊祭的时间是农历十月初一。另一方面，根据《诗经》的礼节，"九月授衣"，就是农历九月天气开始转冷，人们要添置御寒的衣物，准备过冬，这就是古时的授衣节。

祭祀先祖一直受到人们的重视，但直到《唐大诏令集》的颁布，寒衣节才算得到朝廷的正式承认。《唐大诏令集》记载："自流火届期，商风改律，载深追远，感物增怀。且《诗》著授衣，令存休浣，在于臣子，犹及恩私。恭事园陵，未标典式。自今以后，每至九月一日,荐衣于陵寝,贻范千载,庶展孝思。"流火是指大火星西行,天气转凉。也就是农历的七月之后,天气渐凉,因此,诏令说自七月到预定的日期,人们虔诚祭祀,追怀先人。《诗经》中写到预制寒衣,准予休息,且恩及臣子,恭敬地侍奉园陵,但没有标明典范、法式。自今以后,每到九月初一,到陵寝祭献寒衣,为后世千代留下典范,向众人展示孝亲之思。

农历九月天气还不算冷,一般到十月才算入冬,所以这一习俗到宋代时就推迟到十月初一了。十月初一授衣、祭祖的文献记载在宋代增多。《宋史·舆服志》和《岁时杂记》都有关于皇帝向文武大臣赏赐棉衣,以示关怀的记载。如《岁时杂记》:"十月朔,京师将校禁卫以上,并赐锦袍。皆服之以谢……边防大帅、都漕、正任侯,皆赐锦袍。"在民间,则有给祖先送冬衣的活动。《东京梦华录》记载:"下旬即卖冥衣靴鞋席帽衣段,以十月朔日烧献故也。"九月下旬,市场上就开始卖烧给过世之人的衣服鞋帽之类的物品。可见,宋代烧衣已成风俗。南宋时,吴自牧更是在《梦粱录》中将此节直接称为十月节:"士庶以十月节出郊扫松,祭祀坟茔。内庭车马,差宗室南班往攒宫行朝陵礼。"也就是说在十月初一这天,大家都到郊外上坟,祭祀祖先。周密在《武林旧事》中将上坟祭拜与古代授衣联系起来:"是日御前供进夹罗御服,臣僚服锦袄子夹公服,'授衣'之意也……都人亦出郊拜墓,用绵球楮衣之类。"

元代时,十月初一上坟祭祀先祖被正式称为"送寒衣节"。《析津志辑佚·岁纪》一书中记载了这一说法:"是月,都城自一日之后,时令谓之送寒衣节。祭先上坟,为之扫黄叶。此一月行追远之礼甚厚。虽贫富咸称家丰杀而诚敬。"可见，元代送寒衣的活动非常盛行，不管贫富，对祖宗的祭奉之礼都很丰厚，而且这一活动不限于十月初一这一天，整个十月都可以。

明代时，送寒衣进一步发展，活动也更加丰富。《帝京景物略》详细记载了寒衣节的活动："十月一日，纸肆裁纸五色，作男女衣，长尺有咫，曰寒衣。有疏印缄，识其姓字辈行，如寄书然。家家修具夜奠，呼而焚之其门，曰送寒衣。新丧，白纸为之，曰新鬼不敢衣彩也。送白衣者哭，女声十九，男声十一。"十月初一，纸肆有卖用五色彩纸制作的男女寒衣，有一尺多长，可以在纸上写下死者的姓名、辈分、排行等，盖印后封缄，就像寄信一样。每家都是这样，夜里呼喊死者姓名在门外烧掉。如果是刚去世不久的被称为新丧，用白纸做寒衣，说是新鬼不敢穿彩衣。烧白衣要哭，女子哭十九声，男子哭十一声。此外，《宛署杂记》中也记载了类似的习俗。

清代寒衣节基本上沿袭明代的习俗。《帝京岁时纪胜·送寒衣》中记载了寒衣节的情形："十月朔……士民家祭祖扫墓，如中元仪。晚夕缄书冥楮，加以五色彩帛作成冠带衣履，于门外奠而焚之，曰送寒衣。"在十月初一，人们按照中元节的仪式祭祖。除了烧寒衣，还烧纸钱，说明清代送寒衣时更加重视给先人送钱。据《清嘉录》记载，南方将寒衣节称为烧衣节："人无贫富，皆祭其先，多烧冥衣之属，谓之'烧衣节'。"

节日活动和习俗

寒衣节作为一个传统的民俗节日，主要是祭祀祖先，虽然带有迷信成分，但体现了我国敬老、尊老的传统。寒衣节的节日习俗主要有烧寒衣、吃面条、吃红豆饭等。

烧寒衣

寒衣是用纸做的烧给逝去亲人的御寒衣物。有些地方的寒衣除了衣服还有鞋、帽、被褥等各种用品，甚至准备现实世界中所用的各类物品，如房子、车子等。人们认为这些送给死者的冥物、冥钞都需要焚烧，而且要烧得干干净净，才能转化为阴间的钱和物。哪怕有一点没烧干净，先人就无法收到，也不能使用。民间在送寒衣时，还会在十字路口烧一些五色纸、冥币，送给那些没有人祭奠的孤魂野鬼，以免他们没有钱和衣物而去抢自家先人的。烧寒衣可以在坟前烧，也可以在自家门前烧。烧寒衣寄托的是对先祖的哀思。

寒衣节这天，除了祭祖，民间也有为生者准备过冬衣物的传统。即使这天天气不冷，妇女也会将准备好的过冬衣服拿出来让儿女和丈夫试穿。男子在寒衣节这天要修正火炉和烟囱，并生火查看效果，为过冬取暖做好准备。

吃面条

寒衣节除了给先祖"送钱""送衣物"，还衍生出了其他的习俗，如吃面条。吃面条的寓意为长久,不同地区有不同的吃法,有的吃阳春面,有的吃荞麦面,有的吃拉面等。寒衣节吃面源于过去祭祖时改善一下自己的生活,也有冬天到了,吃得暖暖的好过冬之意。

吃红豆饭

寒衣节吃红豆饭是江苏一个地方的习俗。过去有一个地主,每年春天都要雇几个十三四岁的孩子帮忙放牛干农活,但地主特别抠门,不舍得给孩子们吃饱,每天只给他们喝稀粥,只有到了十月初一,才舍得煮一锅白米饭给放牛娃们吃,然后给很少的钱就打发他们回家。有一年九月底的时候,一个叫刘小宝的放牛娃想出一个主意准备治一治黑心的地主。十月初一这天早上,地主煮了一锅白米饭让放牛娃们吃。这次放牛娃们都不吃,地主就很纳闷。这时一个放牛娃说:"忙的时候,我们早起晚睡,又苦又累,现在不忙了,就想把我们打发了,今年不到过年我们不会回去的,不答应的话,明年我们就不来了。"地主一听十分恼火,问是谁出的主意,放牛娃们不说,地主拿起担子就打他们。眼见放牛娃们被打得皮开肉绽,刘小宝站出来说是自己出的主意,并与地主理论起来。地主拿起刀就砍向刘小宝。刘小宝倒地而死,流出的血染红了撒在地上的米饭。

刘小宝的父母赶来把地主告到县衙,但县老爷拿了地主的钱,只让地主做了一口薄棺材就草草结了案。人们虽然愤怒,但也惩治不了地主和县老爷,从此,就在十月初一这天吃红豆饭,以纪念为大家死去的刘小宝。

诗歌里的中国

民间食俗认为"秋补"很重要，寒衣节的食俗还有霜降节气吃羊肉、吃柿子等。

此外，各地寒衣节有不同的习俗，如广西南宁，多在十月初十修整祖坟，进行冬祭；山西有些地方儿女孝满三年后，在十月初一换常服；河南寒衣节习俗较为讲究，人们一般在寒衣节当晚带上五色纸做的寒衣、冥币、饺子，到自家大门外或者大路边进行祭祀。用草木灰撒五个圈，代表祖宗五代，旁边再单独撒一个圈，代表孤魂野鬼，灰圈的口要对着坟墓方向，烧寒衣和纸钱的时候要念叨祭语，烧完后，把饺子撒在纸灰上。如果祖先没有墓地或者亲人在外地，就在十字路口画圈烧寒衣和纸钱。这些活动现在大多已废除，部分地区还保留有烧钱的习俗。

诗歌里的传统节日

十月朔客建业[1]不得与兄弟上冢之列悲感成诗

宋·范成大

岁已看成暮，身今未得归。
风尘孤泪尽，霜露寸心违。
南涧新流水，西山旧落晖。
烟松应好在，宿草定成非[2]。
逝水方东去，浮云浪北飞。
危魂先自断，不待更沾衣。

范成大，字至能，一字幼元，早年自号此山居士，晚号石湖居士。南宋文学家、书法家，主要作品有《石湖集》《揽辔录》《吴船录》《吴郡志》《桂海虞衡志》等。

主旨

这首诗写诗人客居他乡,寒衣节无法回乡祭祖的悲伤。

注释

①建业:今南京市。
②烟松应好在,宿草定成非:这里的烟松、宿草均代指家乡先祖的坟墓。

诗里诗外

范成大以文名,尤工于诗,与杨万里、陆游、尤袤合称南宋"中兴四大诗人",又称"南宋四大家"。范成大不仅诗文成就较大,事业上也取得了不错的成就,尤其是出使金国,虽然未完成任务,但保全了气节。

范成大出使金国是为了要回宋朝皇陵。宋孝宗即位后想要收回失地,便发动了"隆兴北伐",却在隆兴元年(1163)被金军击溃于符离。在主和派的压力下,宋孝宗被迫与金议和,于隆兴二年(1164)签订了《隆兴和议》。和议规定金、宋为叔侄之国,岁贡改称岁币,且宋朝割多地给金以求和。但签订和议时,宋朝忘了议定接受国书的礼仪,宋孝宗对此很后悔。此外,还有一件事让他始终无法释怀，就是其祖宗皇陵所在的河南巩、洛之地，当时却被金国占领。宋孝宗可是出了名的孝子，现在祖坟都在金国，连祭拜一下祖宗的权利都没了，怎么能行呢？于是宋孝宗三番五次地派出使者，向金国索要祖先陵地。但金国作为"叔"国，怎么可能理会"侄"国提出的要求？

宋孝宗依然不死心，再次提出了派人出使金国的要求。很明显，在金人面前，宋朝使者是没有话语权的，出使金国能不能活着回来都是个未知数，自然无人想去。范成大却主动请缨。此次出使金国除了索要陵地，范成大还想提出两国受书礼仪问题。宋孝宗虽然对《隆兴和议》中没有议定受书礼仪不满，但又担心惹怒金人，因此，不同意范成大的要求。

范成大到达金国，向完颜雍递交了请求归还陵地的国书后，又递上自己私下写的建议受书礼仪的"私书"，并慷慨陈词，要求完颜雍同意他的提议。金国的大臣纷纷要求完颜雍杀掉范成大。但范成大在主动请缨时就将生死置之度外了，因此，在朝堂上毫不畏惧。完颜雍当然不会同意范成大的请求，但也对他的气节十分欣赏，竟然没有杀他。

范成大这次出使金国虽然没有完成既定任务，但金国同意宋朝迁陵，并同意归还宋钦宗梓宫。范成大这种视死如归的精神和气节在当时的一片议和声中显得格外不同。

下元节

科普 //

  下元节，也叫下元日、下元、下元诞，为农历的十月十五日，是中国民间的传统节日，也是道教节日。道教认为下元节是为了纪念下元水官诞辰，是水官解厄之日，这天会做道场，也有持斋诵经的。民间则在下元节祭祀祖先、扫墓等。

诗歌里的传统节日

历史

　　下元节的由来与道家三官说以及大禹治水的神话传说有关。三官分别是道教中的三位神仙，即天官、地官、水官。《太上三官经》记载："天官赐福，地官赦罪，水官解厄。"也就是说天官的职责是赐福，地官的职责是赦免罪行，水官的职责是消灾减厄。三官是由道教最高天神元始天尊口中吐出。元始天尊曾到太虚极处吸取始阳九气，在九土洞阳吸取清虚七气，于洞阳风泽中吸取晨浩五气，与三焦合于一处。经过九九之期，融会贯通，形成灵胎圣体，分别在农历正月十五日、七月十五日、十月十五日吐出三子。三子降临人间成为神话传说中的三位帝王——尧、舜、禹。

　　十月十五日就是水官大禹的生日。大禹治水十三载，三过家门而不入，终于使洪水流入大海，天下百姓安居。大禹治水，为民解厄，道教将其奉为水官大帝解厄神。民间认为下元节是禹帝下凡为民解厄的日子，所以也将下元节称为消灾节。禹的神像为头戴冕旒冠，身穿紫龙袍，手执玉笏，青须凤眼。

　　远古时期，人类认知有限，认为自然界的万物都有神灵主宰，因此，产生了对原始神灵的崇拜。在国家产生以后，更加重视对神灵的祭拜，如《周礼》中就记载了祭天、祭地、祭水的仪式。道教产生后，利用人们的自然崇拜将天、地、水人格化，就形成了天官、地官、水官。东汉时期，道教已吸收了传统的民间信仰，奉三官为主宰人间福祸的神灵。《墉城集仙录》载：张道陵于龙虎山，修三元默朝之道。张道陵是东汉时期道教天师，这个时候人间已开始祀奉三官大帝。

北魏时期的道士寇谦之提出了三元的概念，三官祭祀的时间得以确立。三元即上元正月十五，中元七月十五，下元十月十五。三元分别是纪念天、地、水三官诞辰的日期。《魏书·释老志》："张陵受道于鹄鸣，因传天官章本千有二百，弟子相授，其事大行。斋祠跪拜，各成法道。有三元九府、百二十官，一切诸神，咸所统摄。"张道陵的天师道以三官主宰三界，三官各有曹属，弟子众多，各成法道。

唐代时，唐玄宗崇信道教，于是下令在三元节时都城内禁屠三日，并开展大规模的斋醮活动。道教认为三官会在相应的三元节，派弟子巡行人间，记录人们的言行，汇报给上天。民间对三官的祭祀，有如对灶王爷的祭祀，希望他们上天能多言好事。

宋代时，下元节盛行。南宋吴自牧《梦粱录》记载："十月十五日，水官解厄之日，宫观士庶，设斋建醮，或解厄，或荐亡。"也就是说，在南宋时，下元节这天，宫观里，不管士庶均举行祭祀水官的法事活动。宋代时，在下元节这天，除了不能杀生，还不能判极刑。《宋史·方技传》："上言三元日，上元天官，中元地官，下元水官，各主录人之善恶……皆不可以断极刑事。"上元、中元、下元这三个节日，三官都会记录人间善恶，不可以杀生、判极刑。宋朝在下元节还会放三天假，并且张灯三夜。

一直到明清时期，下元节依然流行，不过清代以后就逐渐淡化了。洪亮吉在《南楼忆旧》中说："才过中元又下元，赛神箫鼓巷头喧。年来台阁多新样，都插宫花扮杏园。"作者自注云："赛神会中每用七八人扛一桌，上扮金元院本诸故事，名曰台阁。"说明清代时，民间对下元节还很重视，祭祀活动丰富多彩。《帝京岁时纪胜·十月·安期》记载："十五日下元之期，庵观寺院课经安期起，至次年正月廿五日，百日期满。"下元节活动从十月十五日一直持续到正月二十五日，整整一百天。

民国以后，祭祀三官的习俗渐渐废除，民间祭祀祖先等活动也提前到中元节。

节日活动和习俗

下元节既是民间传统节日，也是道教节日，最初源于对原始神灵的崇拜，后来逐渐融入国家意志和宗教成分。下元节主要有修斋设醮、祭拜祖先、祭祀神灵、做糍粑、祭祀炉神等节日活动和习俗。

修斋设醮

修斋设醮是道教举行的斋戒、祈福、诵经等活动。下元节是道教修斋的日子。道教认为祈福、谢罪、延寿、超度亡人等需要仰仗神力的事情都需要进行修斋。古人在祭祀前，要沐浴更衣，不饮酒、不吃荤，洁身清心，以示虔诚，这就是斋戒。修斋的方法主要有设供斋、节食斋、心斋、持诵、忏法、服气、服光、服精、节食、粗食、蔬食、服元气等。设供斋就是设坛供斋醮神，以祈福免灾。古时设坛很有讲究，上三坛只有国家才有资格设置，臣僚之属可设置中三坛，下三坛为一般庶民所设。不过后世设坛活动逐渐废弛，供斋倒是有所保留。

祭拜祖先

民间在下元节有祭拜祖先的习俗。祭拜祖先时，有的地方会焚烧"金银包"。所谓的金银包就是用红绿纸折成仙衣，用锡箔折成银锭，装入白纸糊成的袋子中，正面写上"谨言冥宝一封、彩衣一身上献某某受纳"，落款"子孙某某百拜"，背面写上"某年、某月、某日谨封"。一般在叩拜之后焚烧。焚烧地点可在道观，也可在祖宗坟前。现在很多地方依然保留了农历十月十五烧纸钱的习俗。有的地方在下元节会举行迎神赛会等。不管采取何种方式祭祖，都是表达对先祖的敬重，希望可以得到先祖的庇佑。

祭祀神灵

下元节的传说与水神有关，因此，下元节有祭祀水神、祈求丰收的节日习俗。十月十五日，水官下凡，人们会点灯、焚香，并以供品祭祀水官，希望水官能够消灾赐福。由于地域差异，每个地方祭祀水官的方式会有所不同，如山东地区在祭祀水官的同时，还要祭拜祖先；陕西地区在祭祀水官的同时，会祭祀山神；福建莆田地区会在田间地头祭祀水神；湖南地区会举行迎神赛会等。

做糍粑

下元节这天，人们会以糍粑作为节日食品相互赠送，送亲友的时候还要说一些吉祥、祝福的话语。北京地区会在下元节做"豆泥骨朵"。豆泥是用红豆做的豆沙馅儿，在过去，"豆泥骨朵"就

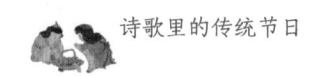

是下元节的节令食品。江苏常州地区在十月十五会用新收获的稻谷磨成米粉，做成包裹素菜馅儿的小团子，蒸熟后放在门外祭祀神灵，这一活动被称为斋天。斋天一天之后自家人可以吃掉。

祭祀炉神

祭祀炉神是下元节的一项重要活动。从事金属制作的匠人认为道教的始祖老君是自己的祖师爷、行业神、保护神，因此，要祭祀老君。下元节祭祀炉神的习俗产生较晚，大概从明代开始。这一习俗的产生有两种说法，一种来自《西游记》中老君用八卦炉烧孙悟空的故事，一种来自道教炼丹术。第一种说法经过不断"演义"，老君就成了"炉神"，就成了金属制作匠人的行业神。第二种说法认为，道教炼丹离不开炉子，老君是道教的始祖，那就是炉神了。因此，把老君作为炉神祭祀是希望得到老君的保佑。

下元节还有一些有特色的活动，如"水色"，就是乘彩船在河里巡游，人们会在船上挂上灯笼，摆上祭品，吹奏着乐器，在船上祭祀祖先、祭祀水官。

十月十五日观月黄楼①席上次韵

宋·苏轼

中秋天气未应殊,不用红纱照座隅②。
山下白云横匹素,水中明月卧浮图。
未成短棹还三峡③,已约轻舟泛五湖④。
为问登临好风景,明年还忆使君⑤无。

苏轼,字子瞻、和仲,号铁冠道人、东坡居士,世称苏东坡、苏仙,北宋文学家、书法家、美食家、画家。

诗歌里的传统节日

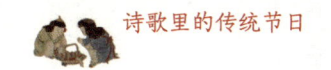

主旨

这首诗写于作者在徐州任知州时,表达了作者对赋闲的向往。

注释

①黄楼:在现在江苏省徐州市。苏轼曾在此任知州,在率领民众治水成功后建此楼。
②不用红纱照座隅:该句化用唐代徐氏《玄都观》中"接日红霞照座隅"之句。以"不用红纱"来衬托"明月的皎洁"。
③未成短棹还三峡:这里是用李源回棹寻圆泽的故事。李源为隐士,圆泽为僧人,二人相约来世相见。
④已约轻舟泛五湖:范蠡功成身退的故事。范蠡帮助越王勾践成就霸业,被封为上将军。范蠡急流勇退,携西施归隐,泛舟五湖。
⑤使君:作者自指。

诗里诗外

李源回棹寻圆泽讲的是一个佛教故事。李源本是唐朝时期洛阳名士,因父亲死于安史之乱,而发愿为父守孝,至死不为官、不娶妻。后来李源到惠林寺隐居。一天,李源在寺庙后面的竹林

中见到一僧人，如同见到故人一般。李源忍不住上前攀谈，才知此人法名圆泽。二人聊起来很是投机，常常来此坐在石头上促膝长谈，后来竟成了莫逆之交。

有一年，二人在寺里看雪景，李源突然想去四川峨眉山观雪，就邀请圆泽同行。圆泽思索一会儿后答应同往。不过，圆泽却要从陆路走。李源不愿经过曾经的伤心地，坚持坐船从水路走。圆泽沉默半晌，最终答应了李源。二人坐船从武林驿出发。

船行至南浦时，因遇风浪，不能前行，只好靠岸休息。二人观赏江景时，忽见岸上有一茅舍，一位大肚子妇人从茅舍走出，到江边打水。圆泽一见，不觉心动，却面露愁容。李源见圆泽不乐，就问："我们定下三生之约，情同骨肉，一路来游山玩水，今天为何突然没了兴致？"圆泽长叹道："我今天就要和你分离了。刚才岸上那个妇人已经怀孕三年，就是等着我去给她做儿子的。我之前要从陆路走也是这个意思。现在既然遇到了，就不能再逃避了。三天后，你前去拜访。见君以一笑为证。十三年后，到杭州天竺寺后那块石头上相见。"

圆泽当晚沐浴后，端坐蒲团，默诵佛经，然后坐化。李源见此情景，叹息不已。

三天后，李源去那户人家看望。孩子见到李源，果然破涕为笑。李源再也没有心情去峨眉山游玩，于是调转船头，回到惠林寺。

光阴荏苒，终于到了约定的十三年之期。还未到中秋，李源就到西湖边上、南北两峰、六桥、葛洪川等各处寻找，但一直未能遇见。直到中秋之夜，李源在葛洪川畔流连，突然听到河对岸依稀传来歌声，只见一牧童骑在牛背上，放声歌唱："三生石上旧精魂，赏月吟风不要论。惭愧情人远相访，此身虽异性长存。"李源颤声问道："对岸是泽师吗？"只听牧童大声喊道："李公，别来无恙啊，你如约前来，真是守信之士啊。"李源仔细一看，对岸牧童竟与圆泽甚为相似，于是邀请牧童前来相叙。牧童却说："我尘缘未了，就此别过吧。"说完转身离开，并留下一首歌："身前身后事茫茫，欲话因缘恐断肠。吴越山川寻已遍，却回烟棹上瞿塘。"

李源遥望牧童，却见他渐渐消失在夜色中。李源只好返回天竺寺，来到当初约定的那块石头旁，搭建一间草房，在此居住。

后人为了纪念他们的三生之约，将此石叫作"三生石"，并将他们的故事写成文字，刻在石上。

冬至

科普 //

冬至，也叫冬节、日南至、亚岁、长至节等，既是二十四节气中一个重要的节气，也是中国民间的传统节日。在古代，民间有"冬至大如年"的说法，冬至也是一个传统的祭祖节日。

诗歌里的传统节日

历史

从节气来说，冬至是四时八节之一，早在西周时期，人们就已经通过圭表测影法测出了冬至日，它也是二十四节气中最早确定的节气之一。《月令七十二候集解》中曰："冬至，十一月中。终藏之气至此而极也。"冬至这天，北半球的白昼最短，黑夜最长，因此，冬至也叫"日短至"。冬至节气是实际意义上的冬季的开始，自冬至日始，最寒冷的天气到来了。

冬至之所以是我国重要传统节日，是因为自周代始，冬至就被作为岁首，即一年的开端。虽然后来岁首的时间有改变，但冬至在各种节日中的地位依然很重要。冬至作为岁首，不管国家还是普通百姓都会举行盛大的祭祀活动，人们在冬至祭天祭祖以感谢天神和祖先的庇佑。《周礼·春官宗伯》记载："以冬日至，致天神人鬼。"意思是说在冬至时要祭天神、祖先和鬼神。这是那时重要的礼。

一直到西汉初期，还是沿用秦时的历法，以阴历的十月为岁首。直到公元前104年，汉武帝颁布新历《太初历》，才将夏历正月定为岁首。《汉书·武帝纪》中载："夏五月，正历，以正月为岁首。"虽然岁首的时间改了，但冬至庆贺"拜冬"的习俗没有改。蔡邕《独断》记载："冬至阳气起，君道长，故贺。"冬至至阴，此后，阳气始生，被认为是值得庆贺的日子，所以，冬至有拜冬的习俗。汉代拜冬的活动较为简单，一般是放假休息。《后汉书》载："冬至前后，君子安身静体，百官绝事，不听政，择吉辰而后省事。"为了庆贺冬至，朝廷会给百官放假，不用处理政务，大家都可以

休息。为了庆贺冬至，还要举行隆重的仪式，如奏"黄钟之律"。

魏晋南北朝时，冬至依然受到重视，不过这时冬至被称为亚岁，晚辈要向长辈行礼，不过庆贺仪式已没有新年隆重。《宋书》载："魏、晋则冬至日受万国及百僚称贺……其仪亚于岁旦。"冬至时，皇帝会受到万国和百官朝贺，仪式十分隆重，仅次于岁旦。

唐宋时期，冬至的官方庆祝活动依然隆重，而且民间也有各种庆祝活动。唐朝时，冬至朝贺之礼被正式确立。杜佑《通典》记载："大唐开元八年十一月，中书门下奏曰：'伏以冬至，一阳始生，万物潜动，所以自古圣帝明王，皆此日朝万国，观云物，礼之大者，莫逾是时。其日亦祀圜丘……日出视朝……'从之。因敕，自今以后，冬至日受朝，永为恒式。"开元八年（720），中书门下上奏，认为冬至阳气始生，万物即将复苏，自古以来，圣君明主，都会在这天接受万国的朝拜。这是重大的礼仪，不能违时。天子还要到圜丘举行祭祀大典，然后回朝接受百官朝贺。皇帝准许了奏请，从此，冬至日接受朝贺，成为定式。

《东京梦华录》记载："十一月冬至。京师最重此节，虽至贫者，一年之间，积累假借，至此日更易新衣，备办饮食，享祀先祖。官放关扑，庆贺往来，一如年节。"看来，宋朝人非常重视冬至，即使贫苦人家，也会攒钱或者借钱，在冬至这天置换新衣，准备丰盛的食物，祭祀先祖。官府也会开放关扑游戏，大家相互庆贺，如同过年一样热闹。《武林旧事》也记载了宋代过冬至的热闹场景："三日之内，店肆皆罢市，垂帘饮博，谓之'做节'。"宋朝禁赌，但在冬至放假期间，人们可以尽情地喝酒、赌博。唐宋时期，国家会在冬至举行祭天、祭祖的活动。《岁时广记》中记载了天子受

诗歌里的传统节日

百官朝贺的场景:"冬至天子受朝贺,俗谓之排冬仗,百官皆衣朝服,如大礼祭祀。凡燕飨而朝服,唯冬至正会为然。"冬至时,百官要身着朝服向天子祝贺,如举行大礼祭祀那般正式和隆重。天子还会在宫中举行宴会,招待百官等。

对于冬至的重视还表现在放假上。自唐代开始,国家就规定了七天的法定假日。唐玄宗曾颁布《假宁令》:"元正、冬至,各给假七日。"唐代在过年、冬至都有七天假。宋承唐制,冬至也放七天假。王楙在《野客丛书》中说:"国家官私以冬至、元正、寒食三大节为七日假。"不过,南宋稍有不同,据《庆元条法事类》记载,冬至放五天假。

元代时,冬至除了传统的百官朝贺、祭祀等活动,还有特色活动,如进献新历书和画历。元人熊梦祥在《析津志》中记载:"是月冬至日,太史院进历,回回太史进历,又进画历。后市中即有卖新历者。宰相于至日,亲率百辟恭贺,上位根前递手帕、随贡方物。士庶人家并行贺礼,馈遗填道,遇节物时令,自然欢怿。"元代冬至的节日气氛也很浓厚,太史院会进献新一年的历书和画历。随后,市场上就有卖新历书的。宰相会率领百官向皇上行朝贺之礼,还有进献礼物。士庶人家也会相互庆贺,互送礼物。

明清时期,宫廷、民间均重视冬至。《帝京景物略》记载:"十一月冬至日,百官贺冬毕,吉服三日,具红笺互拜,朱衣交于衢,一如元旦。"明代时,冬至这天,百官祝贺完冬至以后,吉服要穿三天,还要准备红笺互相拜贺,街上人们摩肩接踵,如过年一样热闹。叶盛在《水东日记》中也记载了类似的庆贺方式:"初,京都最重冬年节贺礼,不问贵贱,奔走往来者数日。家置一册,题

名满幅。"京城里非常重视冬至贺礼，不管达官贵人还是普通百姓，都会奔走相贺，这种祝贺会持续几天。家里还会放一册子，谁来祝贺还要题名留存。这有点类似于现在的随份子礼。清代时，皇帝会在冬至日举行祭天大典，百官也要向皇帝祝贺，百官之间也要相互庆贺。皇帝会写"福"字赐给大臣。上自皇宫，下至百姓，都会举行祭祖仪式。

《清嘉录》记载："郡人最重冬至节。先日，亲朋各以食物相馈遗，提筐担盒，充斥道路，俗呼'冬至盘'。节前一夕，俗呼'冬至夜'。是夜，人家更速燕饮，谓之'节酒'。女嫁而归宁在室者，至是必归婿家。家无大小，必市食物以享先，间有悬挂祖先遗容者。诸凡仪文，加于常节，故有'冬至大如年'之谚。"又云："至日为冬至朝。士大夫家，拜贺尊长，又交相出谒。细民男女，亦必更鲜衣以相揖，谓之'拜冬'。"这里记载的是清朝时苏州一带的冬至节俗。亲朋好友之间相互赠送"冬至盘"，这是一种冬至食俗。人们会在冬至夜聚会饮酒。归宁的女儿在冬至日一定要回到夫家。家家户户都要祭祀祖先，还有悬挂祖先遗像的。士大夫家，要相互拜贺尊长。普通人家，也要穿上新衣，见面相会作揖问好以拜冬。

清代以后，冬至的传统习俗逐渐不受到重视，现在已渐渐被淡忘，但在食俗方面还有保留。

节日活动和习俗

冬至作为传统节日，历来受到重视，在发展过程中，形成了丰富的节日活动和习俗,如拜冬、履长、祭祖、吃汤圆、吃饺子、吃赤豆粥等。

拜冬

拜冬也叫贺冬,最初是百官向皇帝拜贺,也有下级向上级拜贺。后来,民间有晚辈向长辈拜冬,也有同辈之间互相拜贺的。《新唐书·礼乐志》中记载了皇帝在冬至接受群臣朝贺的情景:"其日,将士填诸街,勒所部列黄麾大仗屯门及陈于殿庭,群官就次……皇帝服衮冕,冬至则服通天冠、绛纱袍,御舆出自西房,即御座南向坐。符宝郎奉宝置于前,公、王以下及诸客使等以次入就位。典仪曰:'再拜。'赞者承传,在位者皆再拜。上公一人诣西阶席,脱舄,跪,解剑置于席,升,当御座前,北面跪贺,称:'某官臣某言:元正首祚,景福维新,伏惟开元神武皇帝陛下与天同休。'"这天,将士在各个街道把守,部署黄麾大仗驻守宫门并陈列在宫廷大殿。百官到各自帐中。皇帝穿戴衮冕,冬至就要戴通天冠,穿绛纱袍,从西房乘坐舆车出来,来到御座向南坐下。符宝郎会将印宝奉上,放在皇帝面前,公、王以下及各客使等依次进入就位。典仪说:"再拜。"赞礼者接着传呼,各位接着再拜。一位上公到西阶席上,先脱下鞋子,跪下,解开佩剑,放在席上,走上大殿,对着皇帝,向北跪下祝贺说:"某官臣某:'元旦年初,大福惟新,祝贺开元神武皇帝陛下与天同美。'"官员拜贺时要穿吉服,普通人拜贺也要穿上新衣服。正如徐士铉在《吴中竹枝词》中所描绘的:"相传冬至大如年,贺节纷纷衣帽鲜。毕竟勾吴风俗美,家家幼小拜尊前。"

履长

古人有把冬至称为履长的习俗,这是对长辈表示礼敬的一种习俗。之所以用履长指冬至,与节气和音律有关。《初学记》引《玉烛宝典》说:"冬至日南极景极长,阴阳日月万物之始。律当黄钟,其管最长,故有履长之贺。"十一月是周朝的正月,在《礼记》中,每月都有相应的律与之对应,十一月对应的是黄钟。冬至既是日影最长,又是竹簧在音阶中最长的日子。所以,很多人认为冬至有履长之义。而履长之贺的习俗主要是儿媳妇在冬至向公婆献鞋袜。这一活动产生较早,至少在汉代已经形成。《古今注》记载:"汉有绣鸳鸯履,昭帝令冬至日上舅姑。"汉昭帝曾下令在冬至日绣鸳鸯履献给公婆。魏晋时期,这一习俗尤为盛行,北魏崔浩《女仪》载:"近古妇人常以冬至日上履袜于舅姑。"这是一种向长辈表示礼敬的习俗,也有为长辈添寿之意。履长在魏晋时的意义上升到了国家层面,除了表示朝廷活动,还表示女工之始。曹植在《冬至献袜颂表》中说:"伏见旧仪:国家冬至献履贡袜,所以迎福践长,先臣或为之颂。臣既玩其嘉藻,愿述朝庆……并献纹履七量,袜若干副。"这里履长有迎福践长之意,即求取平安吉祥的意思,而且上升为国家活动。《五杂俎》认为:"晋、魏宫中女工,至后日长一线,故妇于舅姑,以是日献履、袜,表女工之始也。"魏晋时期,宫中的女工,冬至日后每天织布可以多织一根线,所以儿媳妇会在冬至日向公婆献鞋袜,表示女工之始。

祭祖

冬至祭祖是全国性的习俗,也叫冬祭,这一习俗起源较早,是古代祭天、祭地等原始信仰活动的延续。《周礼·春官宗伯·神仕》："以冬日至，致天神、人鬼；以夏日至，致地示、物魅。"即冬至祭祀天神人鬼，夏至祭祀百物之神。古人认为皇帝作为天神在人间的代表，参加祭天活动是冬至的重要内容。东汉时期，《四民月令》已载有向玄冥和祖祢供奉黍羊之物的习俗。汉代至魏晋，祭祖的方式多为墓祭，而且祭祀时间也不固定。魏晋到隋唐这段时间，冬至祭祖已经成为民间的节令习俗。《新唐书·礼乐志》中明确记载了元日、夏至、仲秋、冬至为祭祖的节日。宋代时，祭祖的活动逐渐增多，像《东京梦华录》《武林旧事》等都有相关记载。明清时期，冬至祭祖的习俗最盛。嘉靖《江阴县志》："节朝悬祖考遗像于中堂，设拜奠，其仪并依元旦。"冬至会在中堂悬挂祖先的遗像，家人要跪拜祭奠，仪式像元旦祭祀一样隆重。有的地方会到祠堂家庙中举行祭祖活动，如浙江绍兴地区。祭祀之后，宗族之人还会聚会饮酒，所喝的酒被称为冬至酒。

吃汤圆

冬至吃汤圆的习俗在江南地区较为盛行，是由吃赤豆糯米饭发展而成。俗语有言："家家捣米做汤圆，知是明朝冬至天。"民间有"吃了汤圆大一岁"的说法，这是把冬至作为岁首的传统的体现。汤圆也叫汤团、浮元子、圆子、汤元等，是用糯米做成的球形食品，大多有馅。因冬至后阳气始生，冬至吃汤圆也叫吃冬至团，是为了庆贺"阳生"，后来也有团圆之意。冬至的汤圆除了自家人食用，还可以赠送给亲朋好友。汤圆是南方冬至宴上不可缺少的食品，也是祭祖和拜神的供品。

吃饺子

在北方,有冬至吃饺子的习俗。北方不少地方有"冬至饺子夏至面"的说法。饺子是由馄饨发展而来,也有冬至吃馄饨的说法。《帝京岁时纪胜》载:"预日为冬夜,祀祖羹饭之外,以细肉馅包角儿奉献。谚所谓'冬至馄饨夏至面'之遗意也。"冬至晚上,京师人家会用馄饨祭祀祖宗。直到南宋时,当时的都城临安还有冬至吃馄饨的习俗,而且吃馄饨是为了祭祖。不过到了明代中期以后,饺子就逐渐由冬至的节令食物变为春节的食物。民间有吃饺子为了防止耳朵被冻的说法,这一说法是为了纪念医圣张仲景。

吃赤豆粥

不少地方有冬至吃赤豆粥的习俗。赤豆粥,就是红小豆煮成的粥,也叫小豆糜。冬至吃赤豆粥的习俗来源于古代神话传说。南宋罗泌《路史·后纪》注引《荆楚岁时记》:"共工氏有不才子,以冬至日死,为厉,畏赤豆,故作赤豆粥以禳之。"共工氏的儿子在冬至日去世,死后变为厉鬼,害怕红豆,所以后人在冬至这天吃赤豆粥,以求消灾祈福。《岁时杂记》:"冬至日以赤小豆煮粥,合门食之,可免疫气。"就是说冬至日用赤小豆煮粥吃,可以驱鬼避瘟疫。这一习俗在民间广为流传,如葛洪在《肘后方》中就记载了这一"药方":"旦及七日,吞麻子、(赤)小豆各二七枚,消疾疫。"宋代理学家刘子翚在《至日》诗中有"豆糜厌胜怜荆俗,云物书祥忆鲁台"的描写。

诗歌里的传统节日

冬至

宋·朱淑真

黄钟应律①好风催,阴伏阳升淑气②回。
葵影③便移长至日,梅花先趁小寒开。
八神④表日占和岁,六琯飞葭⑤动细灰。
已有岸旁迎腊柳,参差又欲领春来。

朱淑真,号幽栖居士,南宋著名女诗人、女词人,与李清照齐名。其作品有《断肠诗集》《断肠词》传世。

主旨

这首诗描写的是冬至阳气回升,春意渐浓,到处一派节日的热闹喜庆场景。

注释

①黄钟应律:古时为了预测节气,将苇膜烧成灰,放在律管内,到某一节气时,相应律管内的灰会自动飞出。黄钟律和冬至相应,即十一月。《礼记·月令》:"仲冬之月,日在斗,昏东壁中,旦轸中,其日壬癸。其帝颛顼,其神玄冥,其虫介。其音羽,律中黄钟。"东汉郑玄注曰:"黄钟者,律之始也,九寸,仲冬气至,则黄钟之律应。"就是说十一月,太阳对应斗宿,黄昏时,东壁星出现在南中天,拂晓时,轸星出现在南中天。天干属壬癸,帝王为颛顼,辅佐颛顼的神灵是水官玄冥。动物对应甲虫,五声对应羽音,十二律对应黄钟。因冬至为岁首,故黄钟对应律之始。吕岩《忆江南》:"黄钟应律始归家,十月定君夸。"

②淑气:暖和之气。冬至后阳气回升,阴气下降,天气开始转暖。晏殊《立春日词·内廷》其二:"柳燧青青淑气和,冰纹初解縠文波。"

③葵影:向日葵的阴影。杜甫《自京赴奉先县咏怀五百字》:"葵藿倾太阳,物性固莫夺。"

④八神:主宰宇宙的八位神仙。据《史记·封禅书》所载,八神为天主、地主、兵主、阴主、阳主、月主、日主、四时主。宋董嗣杲《壬戌元日二首》其一:"谁横烟竹惊孤旅,自饮屠苏笑八神。"

⑤六琯飞葭:这是古人将苇膜之灰放在律管内预测节气的一种方法,其中第

六管对应着冬至。杜甫在《小至》里写道:"刺绣五纹添弱线,吹葭六琯动浮灰。"

诗里诗外

　　中国文人对梅花情有独钟,因此,梅花也成为文人笔下的常见素材。朱淑真也不例外,在她的诗词中就有几十首写梅的,如"梅花先趁小寒开""窗上梅花瘦影横""可人唯有一枝梅""自折梅花插鬓端"等。朱淑真不仅在诗词中写梅花,自己也爱梅花妆,如"年年玉镜台,梅蕊宫妆困""髻鬟斜掠,呵手梅妆薄"等。

　　文人对梅花的热爱和歌咏很多时候表现为以梅自喻。如陆游的《卜算子·咏梅》:"驿外断桥边,寂寞开无主。已是黄昏独自愁,更著风和雨。无意苦争春,一任群芳妒。零落成泥碾作尘,只有香如故。"陆游在这首词中说梅花寂寞开放、飘落,被践踏成泥土,仍保持香气,其实是在说自己虽屡遭谗害,却仍不改初衷。文人中,以梅花自比的大有人在,如宋代辛弃疾《江神子·赋梅寄余叔良》:"醉里谤花花莫恨,浑冷淡,有谁知。"明代方孝孺在《画梅》中写道:"清香传得天心在,未许寻常草木知。"

　　李清照诗词中的梅花与其他文人有所不同,她曾说"世人作梅词,下笔便俗",她在词中则以梅传情。她在《孤雁儿》中说:"藤床纸帐朝眠起,说不尽、无佳思。沉香断续玉炉寒,伴我情怀如水。笛声三弄,梅心惊破,多少春情意。　小风疏雨萧萧地,又催下、千行泪。吹箫人去玉楼空,肠断与谁同倚?一枝折得，人间天上，没个人堪寄。"李清照在词中以梅花寄托对丈夫的思念。

　　古代文人对梅花的赞美，更多的是对其精神内涵的歌颂。

腊八节

科普 //

　　腊八节,也叫腊日、腊日祭、腊八祭、法宝节、成道会、佛成道节等,因时间是在农历的十二月初八,故名。《说文解字系传》注:"腊,合也,合祭祀诸神也。"腊八最初是祭祀的节日。腊八也是佛教纪念释迦牟尼成道的节日。随着佛教传入中国,这一节日逐渐世俗化,成为中国民间的传统节日。

诗歌里的中国

历史

　　关于腊八节的来源传说众多，有赤豆打鬼说，有纪念岳飞说，有朱元璋命名说，有悼念饿死的修长城的工人说，有警示后人说等。

　　赤豆打鬼说源自上古神话。传说上古时期，颛顼帝的儿子死后变成了厉鬼，专门出来吓唬小孩子。古时科技不发达，人们无法解释或者解决一些疾病，因此，认为小孩生病是鬼作祟所致。这些厉鬼什么都不怕，唯独怕赤豆。所以有了"赤豆打鬼"的说法。在腊月初八这天，人们以赤小豆煮粥吃，以祛除厉鬼，迎接吉祥。

　　另一种说法是为了纪念岳飞。岳飞率兵抗金，有一年在朱仙镇遇到了寒冷天气，岳家军衣食不足，忍饥挨饿，当地百姓争相送粥，岳家军吃到热气腾腾的粥，士气大振，凯旋的时候正好是腊月初八。后来岳飞在风波亭遇害，人们为了纪念他，便将红枣、大豆、花生等煮粥，在腊八这天喝腊八粥。

　　腊八节的来源还有一种说法与朱元璋有关。这一传说起源于元末明初。朱元璋当年落难时，正值寒冷的冬天。又冷又饿的朱元璋从老鼠洞中找到一些红豆、大米、红枣等五谷杂粮，就把这些谷物一起下锅熬成了粥，美美地吃上了一顿，这一天刚好是腊月初八。后来，朱元璋平定天下，做了皇帝，为了纪念那个特殊的日子，就把这天定为腊八节，把那天煮的粥命名为腊八粥。

　　悼念饿死的修长城的工人的说法起源于秦朝。秦始皇修建长城时，从各地抓来了好多工人。这些人远离家乡，辛苦劳作，还要靠家里人送粮食吃。有人家里穷，有人家离得太远等，因为各种原因，不少人饿死在长城脚下。有一年，腊月初八这天，没有粮食吃的工人把各自剩余的粮食放在一起，煮了一锅粥，虽然每人也喝了一碗，但最后还是饿死了。人们为了悼念饿死在长城脚下的工人，就把这天定为腊八节。

关于腊八节来源的警示后人说是为了警告那些懒惰的人。传说有一个叫宝娃的人特别懒惰，而且喜欢挥霍，不久就把父母留下的家产挥霍一空。已经到了腊月初八，别人家都在准备年货，而宝娃家里的粮缸早就见了底。见妻子留下了伤心的泪水，宝娃终于悔悟，自觉羞愧难当。这时，热情的邻居不仅没有嫌弃宝娃，还纷纷送来了各种粮食和蔬菜。宝娃的妻子将邻居们送来的粮食和菜混合到一起，煮了一锅粥。夫妻两个吃上了一顿饱饭。宝娃从此勤劳起来，即使挣到了钱，也不再大手大脚地花钱，而是非常节俭。他们的生活很快就富裕起来。为了让宝娃记住这个教训，他的妻子每年腊月初八就会煮一锅腊八粥。人们为了教育子女，逐渐形成了这天吃粥的习俗，这天也被人们称为腊八节。

腊八节的产生与古人的腊祭有关。《礼记·月令》记载，在孟冬之月："天子乃祈来年于天宗，大割祠于公社及门闾，腊先祖五祀，劳农以休息之。"孔颖达疏："腊，猎也。谓猎取禽兽以祭先祖五祀也。"郑玄对《礼记》中的这段话注释得更加详细："此《周礼》所谓蜡祭也。天宗谓日、月、星辰也。大割，大杀群牲割之也。腊，谓以田猎所得禽祭也。五祀，门、户、中霤、灶、行也。或言'祈年'，或言'大割'，或言'腊'，互文。"古代，天子在孟冬之月祭祀日月星辰，祭祀先祖，所用祭品为打猎所得的禽兽。

古人一年主要的祭祀活动有四次，冬祭最为隆重，也就是腊祭。

《说文解字·肉部》:"腊,冬至后三戌,腊祭百神。从肉。"这里记载了腊祭的时间、祭品、对象。不过从《礼记》和《说文解字》的记载来看,古时腊祭的时间和对象并不是固定的。东汉末年蔡邕《独断》载:"夏曰嘉平,殷曰清祀,周曰大蜡,汉曰腊。"夏代叫腊祭为嘉平,殷代称为清祀,周代叫大蜡。周秦时期都是在十二月举行,所以称该月为腊月,腊祭天为腊日。

汉承秦制,腊祭的时间也是在十二月。西汉戴圣所编《礼记·郊特牲》所载:"岁十二月,合聚万物而索飨之也。"汉代腊祭的时间基本固定,即冬至过后的第三个戌日。汉代腊日的时间在《风俗通义》中也有记载:"腊者,所以迎刑送德也,大寒至,常恐阴胜,故以戌日腊。戌者,温气也。"古人认为大寒时阴气旺盛,人们选在戌日举行腊祭,以送走刑杀之气,迎接温暖的春气,进而"和阴阳,调寒暑,节风雨"。

腊八节的时间固定在十二月初八日与佛教的传入和盛行有关。东汉时,佛教传入中国。十二月初八是佛祖释迦牟尼的"成道日"。这天有时会与腊祭的"戌日"重合。随着佛教在中国盛行,到南北朝时,佛教的成道日便与中国的腊祭日合并,基本固定在了腊月初八。南朝时的《荆楚岁时记》载:"十二月八日为腊日……村人并击细腰鼓,戴胡公头及作金刚力士以逐疫。"这说明南北朝时期,腊八节是在十二月初八,而且祭祀活动与佛教有关,因为金刚力士便是佛家之神。不过南北朝以后腊祭也不是完全固定在十二月初八,因受"五德"影响,不同时代也有自己特殊的腊祭日。如《岁华纪丽》:"魏以土而用辰,晋以金而取丑。"

唐代时,统治者非常重视腊日,除了举办"腊会",还有各种

诗歌里的传统节日

赏赐活动,从现存的不少应制诗中可以窥见一二,如《腊日宣诏幸上苑》等。腊日赏赐的物品竟然有"化妆品",如白居易《腊日谢恩赐口蜡状》:"今日蒙恩,赐臣等前件口蜡及红雪澡豆等。"这里提到的口蜡相当于现在的唇膏,红雪就是现在的面霜,澡豆是洗浴用品,类似于香皂、沐浴露。佛院会给教徒和百姓施粥,朝廷也会赐粥。

宋代时,腊八粥开始流行。《东京梦华录》明确记载了"腊八粥"的名称:"初八日,街巷中有僧尼三五人,作队念佛,以银铜沙罗或好盆器,坐一金、铜或木佛像,浸以香水,杨枝洒浴,排门教化。诸大寺作浴佛会,并送七宝五味粥与门徒,谓之'腊八粥'。都人是日各家亦以果子杂料煮粥而食也。"从这段记载可以看出,腊八节更受佛教门徒的重视,除了各种祭祀仪式,寺庙还给门徒送腊八粥。吃腊八粥的习俗也影响到了民间。邻里之间会互赠礼品,药店会用"虎头丹、八神、屠苏"等中药材装入布囊,制成"腊药",赠送给大家。

元代也有在腊八给百官赐粥的习俗。《燕都游览志》载:"十二月八日,赐百官粥。民间亦作腊八粥,以米果杂成之,品多者为胜。此盖循宋时故事。"腊八时朝廷向百官赐粥。民间的腊八粥以所用米果品种多者为胜。

明清时期,对腊八也非常重视,甚至将其与立春、元宵、四月八日、端午、重阳等传统节日同等对待。明代不仅吃腊八粥,还吃腊八面。如《万历野获编》在"赐百官食"条记载:"立春则吃春饼,正月元夕吃元宵、圆子,四月八日吃不落夹,五月端午吃粽子,九月重阳吃糕,腊月八日吃腊面。"朝廷虽然赏赐腊八面,但吃腊

八粥的习俗依然盛行。如明末刘若愚在《酌中志》中记载了北京城中腊八节的活动:"初八日,吃腊八粥。先期数日将红枣搥破泡汤,至初八早,加粳米、白米、核桃仁、菱米煮粥,供佛圣前,户牖、园树、井灶之上,各分布之,举家皆吃,或亦互相馈送,夸精美也。"这时的腊八粥还加入了红枣,除了家人吃,还用来供奉佛祖、户牖园树、井灶等。清代除了吃腊八粥,还有制作腊酒、腊八蒜、穿耳、剃头等活动,不过吃腊八粥仍是最主要的习俗。而且,制作腊八粥的食材更加丰富。如《燕京岁时记》所载:"腊八粥者,用黄米、白米、江米、小米、菱角米、栗子、红豇豆、去皮枣泥等,合水煮熟,外用染红桃仁、杏仁、瓜子、花生、榛穰、松子及白糖、红糖、琐琐葡萄,以作点染。"

节日活动和习俗

腊八作为中国的传统节日,起源于古代的祭祀,又融合了佛教节日,后来逐渐成为家喻户晓的民间节日。腊八节的主要习俗是吃腊八粥,其次还有制腊八蒜、晒制腊八豆腐、吃冰、酿腊八酒、涂腊八粥、打腊鼓、腊祭等。

吃腊八粥

吃腊八粥是腊八节最主要的习俗。腊八吃粥的习俗与佛祖释迦牟尼有关。释迦牟尼成佛前出家修道,苦修多年,由于过度劳累饥饿而晕倒,被一好心的牧女救起。牧女喂之杂粮、野果粥,释迦牟尼吃后感觉体力恢复,精神振奋,于是就坐在菩提树下沉思,最终在腊月初八这天得道成佛。人们为了纪念佛祖在这一天悟道成佛，便效仿牧女用谷物、果实等煮粥、吃粥。不过吃腊八粥到底是为了纪念谁，也有多个说法。至少唐代已有在腊八吃粥、施粥的习俗。清代李福在《腊八粥》一诗中写道："腊月八日粥，传自梵王国。七宝美调和，五味香掺入。用以供伊蒲，藉之作功德。僧民多好事，踵事增华饰。"此后，吃腊八粥的习俗逐渐兴盛，尤其是经过宋朝时期的发展。明清时期，宫廷内对煮腊八粥的食材尤为讲究。从乾隆年间开始，清朝皇帝在腊八这天给群臣赐腊八粥形成一种惯例。赏赐的腊八粥要在雍和宫内熬煮，而且要煮六锅，前三锅用料最为讲究，主要用来供佛，分给皇家和大臣食用，第四锅、第五锅是赏赐给百官和喇嘛吃的，第六锅才是施给百姓吃的。

制腊八蒜

腊八蒜的来历是"蒜"与"算"同音。俗话说："过了腊八就是年。"过了腊八也快到年底了，各家商号要对一年的经营情况进行清算盘点，到底是亏是赚，亏了多少，赚了多少，要做到心中有数。中国人向来注意委婉，因此，对于欠债的人不好直接开口要钱。后来，就形成了一种风俗，那就是泡一些腊八蒜送给欠债的人，意思是快过年了，一年的债务要清算一下啦。北京有谚语说的就是利用腊八蒜要债："腊八粥、腊八蒜，放账的送信儿，欠债的还钱。"

腊八蒜一般用米醋泡制，蒜要去皮，放在坛子里密封，坛子放在较冷的地方。过一段时间，蒜就会变绿。过去，人们认为吃腊八蒜有驱疾辟邪的作用。

晒制腊八豆腐

晒制腊八豆腐是安徽、山东一些地区特有的腊八习俗。晒腊八豆腐一方面是为了便于保存食物，另一方面也是为了美好的寓意。豆腐的"腐"与"富""福"谐音，在腊八晒豆腐，寓意富裕、富足、福气等。

吃冰

腊八节吃冰是一个特别的食俗。这一食俗与传统农事有关。俗语说："来年成不成，先看腊八冰。"过去，人们通过腊八时的天气情况来预测来年的收成和年景。人们靠经验认为，如果腊八不冷，来年春天就会冷，这样农作物就会受灾，影响收成。腊八吃冰，可以在前一天晚上把水放在盆里，等到腊八节早上把盆里结的冰敲碎。据说吃了腊八的冰，来年一年肚子都不会疼。有的地方人在腊八早上到附近的河里采冰，谁起得早，第一个采到冰，就预示着谁的运气更好。

酿腊八酒

腊八酒就是在腊八期间酿的酒。腊八酒一般是民间自行酿造，用于自家饮用，酿好的酒呈暗红色，酒香浓郁。有的地方会在腊八这天煮酒，这种酒也叫腊八酒。

涂腊八粥

涂腊八粥是一种祈求来年丰收的习俗。人们在吃腊八粥的时候不忘给家里的树涂抹一些腊八粥，希望来年五谷丰登。有的地方在涂腊八粥的时候还边涂边祈祷:"大树小树吃腊八,来年多结大疙瘩。"

打腊鼓

打腊鼓是腊八节驱魔迎新春的一种习俗。腊鼓即太平鼓,本意是为了驱逐瘟疫,祈求平安。据《荆楚岁时记》记载,南朝时民间已有谚语:"腊鼓鸣,春草生。"腊鼓要从腊月初八一直打到来年的二月二。一般来说,村民会在腊八这天集会,戴上胡头假面,扮作金刚力士,敲击细腰鼓,以驱赶邪魔,迎接新春。李之仪在《和人腊日》一诗中说:"又听村村腊鼓鸣,年丰物阜庆清平。"

腊祭

腊祭是由古代的冬祭发展而来,主要是为了祭祀天地神灵、祖先等,以求来年丰收和平安。腊祭的神灵主要与农业生产有关,有农神、作物神、农官田畯神等。唐司马贞《三皇本纪》说:炎帝神农氏"于是作蜡祭,以赭鞭鞭草木。"古代每年腊月都会举行隆重的腊祭仪式,如裴秀在《大腊》中所描述的:"有肉如丘,有酒如泉。有肴如林,有货如山。率土同欢,和气来臻。祥风叶顺,降祉自天。方隅清谧,嘉祚日廷。与民优游,享寿万年。"在佛教传入中国后,中国传统的腊祭逐渐与佛教的习俗相融合。南北朝以后,"腊祭百神"的活动逐渐减少,到唐宋时,渐渐被吃腊八粥取代。腊八节的祭祀活动也多以祭祖为主了,如清朝皇帝会按照惯例谕令供祀太庙、寿皇殿等。

行香子·腊八日与洪仲简溪行，其夜雪作

宋·汪莘

野店残冬，绿酒①春浓，念如今此意谁同？溪光不尽，山翠无穷。

有几枝梅，几竿竹，几株松。

篮舆②乘兴，薄暮疏钟，望孤村斜日匆匆，夜窗雪阵，晓枕云峰。

便拥渔蓑，顶渔笠，作渔翁。

汪莘，字叔耕，号柳塘，晚年筑室柳溪，自号方壶居士，善写词，其词风格清丽，作品有《方壶存稿》《方壶诗余》。

诗歌里的传统节日

主旨

　　这首词写的是作者与友人在腊八这天出游的情况,虽暮宿孤村,但心中满是惬意,表达了作者的豁达之情。

注释

①绿酒:美酒。刘禹锡《酬令狐相公使宅别斋初栽桂树见怀之作》:"影近画梁迎晓日,香随绿酒入金杯。"陆游《不睡》:"但悲绿酒欺多病,敢恨青灯笑不眠。"
②篮舆:古时的交通工具,形制不一。有说为竹轿,有说为座椅,词中指竹轿。王维《酬严少尹徐舍人见过不遇》:"偶值乘篮舆,非关避白衣。"

诗里诗外

　　中国古代不少文人总是在归隐和出仕的道路上徘徊,而渔父正是不少文人在仕途不畅时退而求其次的选择。渔父在古代文学中的形象往往如闲云野鹤般悠闲,他们似乎能看透世间的纷纷扰扰,因而,一叶扁舟,随波漂荡,远离朝堂,以保持"众人皆醉我独醒"的孤傲。

　　在古代文学作品中,表现这种渔父形象的作品较多,如柳宗

元的《江雪》：

千山鸟飞绝，万径人踪灭。
孤舟蓑笠翁，独钓寒江雪。

柳宗元塑造的渔父是一个面对政治失意，放逐山水间，满腹忧愤的形象。这也是历来为隐者所称颂、诗人所模仿、丹青妙手所描绘的形象和场景。诗中的渔父颇有一种"遗世独立"之感，有不满，有不甘，有不愿。

渔父也是隐者的象征，是一种无意于仕途，醉心于山水的情趣。这类渔父的代表是张志和在《渔歌子》中所描绘的：

西塞山前白鹭飞，桃花流水鳜鱼肥。
青箬笠，绿蓑衣，斜风细雨不须归。

张志和塑造的渔父形象最为历代文人所向往，这是一种浪迹江湖，不受名利羁绊的洒脱，也是一份甘守淡泊的情怀。

中国古代文人内心大都有"兼济天下"的理想和情怀，只是"求而不得"后，有人选择放弃理想和信念，有人固守心中执念。当然，古代还有一种渔父，他们尤为清醒，不过这样的渔父较少罢了。如温庭筠在《和友人题壁》中提到的范蠡："三台位缺严陵卧，百战功高范蠡归。"范蠡辅佐越王勾践灭掉了吴国，虽然荣耀加身，但他能清醒地认清现实，及时归隐。这才是真正的渔父。正如孔子所谓的"道不行，乘桴浮于海"，这才是真正的自由。

小年

科普 //

  小年，也叫交年节、灶神节、祭灶节、过小年、小岁、小年节、小年下等，是中国传统节日。由于我国幅员辽阔，各地过小年的时间不统一，南方大部分地区是腊月二十四，北方大部分地区是腊月二十三。小年作为过年的开端，意味着人们开始准备过年。

诗歌里的中国

历史

在民间，关于小年的由来有两个传说故事。一个是灶王的故事。据说灶王爷本是民间的普通百姓，名字叫张单。张单家里世代都是做生意的，家境富裕，张单从小就过着衣来伸手、饭来张口的生活，对生意一窍不通，而且喜欢玩乐，花钱大手大脚。

后来，张单娶妻生子后，依然只顾玩乐，毫无长进。父母过世后，依然不思进取，妻子看不下去就离开了他。张单最后把家业败光后，沦落到上街乞讨为生。有一次，张单竟然乞讨到了前妻家里，看到前妻过得很好，张单羞愧不已，一头钻到锅底下被灶火烧死了。

玉皇大帝得知此事后，认为张单对自己的所作所为能有悔悟，说明本性不坏，既然死在了灶底下，就将他封为了灶王。灶王以后就在烧死的这天——腊月二十三，上天汇报人间事，待到大年三十再回到灶底。

另一个传说与三尸神有关。传说每个人的身上都住着一个三尸神，专门向玉皇大帝传递民间的坏消息。有一次，三尸神故意给玉皇大帝传回很多消息，说是人间要谋反。玉皇大帝听后勃然大怒，立刻将三尸神召回天庭，让他把要谋反的人家的罪行标记在墙上，并让蜘蛛结网挂在屋檐下。玉皇大帝又安排王灵官在除夕夜时下凡，把有标记的人家满门抄斩。三尸神心中暗喜，很快回到人间，把所有人家都标记上了。

不过，灶君发现了三尸神的阴谋，于是，召集所有的灶王爷商量对策，大家一致认为从祭灶之日到除夕夜前，家家户户都要把家里打扫干净。王灵官在除夕夜到人间查看，只见家家户户都非常干净，没有任何标记，人们安居乐业，一派祥和。

后来王灵官和灶君向玉皇大帝禀明事情的前因后果，玉皇大帝震怒之下把三尸神打入天牢。灶君因为拯救了大家而受到拥戴。人们就在腊月二十三祭祀扫尘来纪念灶君。

小年主要是为了送灶神上天言事。灶神是民间诸神中较为古老的神，先秦时期，民间已开始供奉灶神。灶神负责执掌灶火，而文献记载中，黄帝、炎帝、祝融、燧人氏、苏吉利等都曾做过灶神。祭祀灶神，源于古人对火的崇拜。灶神，俗称灶君、灶王、东厨司命等，是我国古代神话传说中掌管灶火和饮食的神。关于灶神，有人认为是发明用火的炎帝，《淮南子·氾论训》中记载："炎帝于火，而死为灶。"也有人认为灶神是祝融，《周礼》说："颛顼氏有子曰黎，为祝融，祀以为灶神。"还有人认为灶神是黄帝，《淮南子》（今本无）记载："黄帝作灶，死为灶神。"甚至还有说灶神是女神，是天上的神仙，因为有过失，被玉皇大帝贬到人间当灶神，也就是东厨司命。至于灶神长什么样，也是有不同的说法。据说原来是老妇人，后来又变为男子，而且是一个穿着红色衣服的美男子。而民间供奉的灶神有灶王爷爷和灶王奶奶，也有很多年画中只画有灶王爷。

不过关于过小年的文字记载最早见于东汉时期，崔寔在《四民月令》中记载："腊明日更新，谓之小岁，进酒尊长，修贺君师。"这里的小岁即为小年，这天要向尊长敬酒、向老师祝贺等。汉代灶神的地位相对于先秦时期有所提升，成为保佑平安的家神。《淮南万毕术》载："灶神晦日归天，白人罪。"灶神这时已具有向天

诗歌里的中国

上汇报人间罪恶的权力。

到了三国时期，灶神有了姓名，即宋无忌。《三国志·魏书·管辂传》载，管辂为太守王基作卦，卦象显示有一贱妇人生一儿，堕地，即走入灶中，辂曰："直宋无忌之妖，将其入灶也。"《史记·封禅书》司马贞索隐引《白泽图》："火之精曰宋无忌。"通过这两则材料可以看出，《史记》中提到的宋无忌为"火之精"，而《三国志》中的宋无忌则为妖，且入灶中，那么可以理解为宋无忌就是灶神。《荆楚岁时记》则认为灶神是苏吉利："灶神姓苏，名吉利。"可见，三国时期可以推测出灶神的名字，魏晋以后，就明确了灶神的名字。晋代时，已可明确过小年的时间为腊月二十四日，周处《风土记》："腊月二十四日夜，祀灶，谓灶神翌日上天，白一岁事，故先一日祀之。"灶神是腊月二十五日上天汇报一年发生的事，所以提前一天祭祀。

隋代时，灶神不仅有了名字，还有夫人。杜台卿《玉烛宝典》记载："灶神，姓苏，名吉利，妇名搏颊。"到唐代时，灶神又有了新的名字。李贤注引《杂五行书》称："灶神名禅，字子郭，衣黄衣，被发，从灶中出。"唐代，小年被正式定为一个节日。唐朝时祭灶还不算隆重，罗隐《送灶诗》："一盏清茶一缕烟，灶君皇帝上青天。"

宋代时，过小年比较隆重。《东京梦华录》记载："二十四日交年，都人至夜请僧道看经，备酒果送神，烧合家替代钱纸，贴灶马于灶上。以酒糟涂抹灶门，谓之'醉司命'。夜于床底点灯，谓之'照虚耗'。"宋代过小年，十分重视。不但要请僧道诵经，还要准备酒果送神，给灶神准备好路上花的钱。灶旁贴上新的灶马，便于

二四四

灶神骑上天，在灶门涂抹酒糟，让灶神喝醉了再上天。晚上在床底点灯，驱赶"虚耗"。此外，宋代关于小年的诗词也远多于唐代，这也是宋人重视小年的体现。从诗词中也可见宋人过小年的隆重，如范成大的《祭灶词》："古传腊月二十四，灶君朝天欲言事。云车风马小留连，家有杯盘丰典祀。猪头烂热双鱼鲜，豆沙甘松粉饵团。男儿酌献女儿避，酹酒烧钱灶君喜。婢子斗争君莫闻，猫犬触秽君莫嗔；送君醉饱登天门，杓长杓短勿复云，乞取利市归来分。"为了让灶神上天言好事，人们准备的祭品非常丰盛。

过小年的时间在明代以前一般是腊月二十四。清代自雍正皇帝以后，为了节省开支，腊月二十三在坤宁宫祀神时顺道把灶神也一起祭拜了。此后，北方地区尤其是官家，多在腊月二十三过小年，南方仍按腊月二十四过小年。明清时，一般在送灶神之后进行扫尘，不过民间也有小年之前扫尘的习俗。

节日活动和习俗

小年作为传统节日，最主要的活动是祭灶，此外，还有扫尘、吃灶糖、洗浴、剪窗花等。

祭灶

祭灶历史悠久，源于古人对火的崇拜。人类开始定居生活后，与火的关系密不可分，进而对火产生崇拜，也逐渐对灶产生崇拜，在战国以后兴起的五行观念中，有灶等同于火的观念，因此，灶神与火神便联系了起来。

中国民间传说灶神在每年的腊月二十四日晚向上天汇报民间事，因此，民间有这一天送灶神的习俗。《论语·八佾》："王孙贾问曰：'与其媚于奥，宁媚于灶，何谓也？'子曰：'不然，获罪于天，无所祷也。'"也就是讨好灶神，希望灶神上天帮忙说好话，不被上天怪罪的意思。送灶神也称祭灶神、祭灶、辞灶等。祭拜灶神通常在神位下摆上香烛、酒食、糖等，并换上新的灶神像，人们通常还在灶神像两旁贴上"上天言好事，下界保平安"的对联。将糖涂在灶神的嘴上之后，就将灶王像揭下来，连同纸马、草料等点燃，这时送灶的人要一边磕头，一边祷告："今年又到二十三，敬送灶君上西天。有壮马，有草料，一路顺风平安到。供的糖瓜甜又甜，请对玉皇进好言。"祭灶一般由家里的男人参加，女人不能参加。

既然有送灶神，当然也有接灶神。灶神上天汇报完情况，有说大年三十也有说正月初四返回人间的，而灶神返回人间的时候每家人都要迎接，不过接灶神就不那么隆重了，只要在灶台上点一盏油灯，能够照亮灶神回家的路就可以了。

扫尘

扫尘是小年的一个习俗。扫尘，也叫除尘、除残、掸尘、打埃尘等，源于古人驱除病疫的一种仪式。据《吕氏春秋》记载，我国早在尧舜时期已有扫尘的习俗。《清嘉录》载："腊将残，择宪书宜扫舍宇日，去庭户尘秽。或有在二十三日、二十四日及二十七日者。俗呼'打埃尘'。"时人蔡云对此赋诗曰："茅舍春回事事欢，屋尘收拾号除残。太平甲子非容易，新历颁来仔细看。"

扫尘的习俗一直流传到现代，不过日期已经不是固定在小年这天，主要是进行年终大扫除，以干净的环境、美好的心情迎接新的一年。

吃灶糖

灶糖最初是祭灶、辞灶的供品，后来，吃灶糖就成为小年的习俗。民谚中的"二十三，糖瓜粘"，就是指小年的这一习俗。用糖祭灶是希望糖可以粘住灶神的嘴，灶神上天后就无法说出人们的过错，再者，灶神吃了灶糖后，嘴里是甜的，说出的话也会是好话。用糖祭灶反映的是人们追求美好生活的愿望。

不过各地祭灶所用的糖不完全一样，多是用麦芽糖，也叫饴糖。陕西有些地方除了用糖，还用糖饼祭灶，如《续陕西通志稿》载："二十三日祀灶，用糖饼以糖泥神之口，祝：勿以恶事诉上帝也。"就是祭灶时，用糖饼或者糖堵住灶神的嘴，让他到天上不要乱说话。在落后的过去，不少贫苦百姓饭都吃不饱，更是拿不出糖来祭灶，但这并不影响人们祭灶的热情，正如民谣所说："灶王爷，本姓张，一碗凉水三柱香。今年日子过得苦，来年再请你吃糖。"

用灶糖祭灶的由来有多种传说故事。有些地方流传着这样一个故事：人间粮食充足，不少人家就开始浪费，玉皇大帝担心这样浪费会闹饥荒，于是让灶神监督，人间再浪费粮食就报告给他，并对此进行惩罚。灶神就把人间浪费粮食的事报告给了玉皇大帝。玉皇大帝听后大怒，就命令龙王不再向人间降雨。这样一来，人间变得十分干旱，庄稼自然是颗粒无收，不少人被饿死。后来人们得知是灶神把这事告诉玉皇大帝的，就打算想个办法阻止灶神。于是，在腊月二十三晚上，人们就在灶神像前供上灶糖。灶神一尝，很甜，就大口吃了起来，没想到，嘴巴被粘住张不开了。到天上后，嘴巴还粘着，说不了话，玉皇大帝询问人间的情况，灶神只好点头。玉皇大帝认为人间不再浪费粮食了，就让龙王给人间降雨。从此，人们就在祭灶时摆上了糖。

剪窗花

剪窗花也是小年的一项民俗活动。窗花是剪纸品种之一，也是中国一项古老的民间艺术。小年剪窗花是为过年做准备，这一习俗在不少地区都有。中国杰出的评剧表演艺术家新凤霞在《剪窗花》一文中就提到腊月二十三剪窗花之事："高大娘在腊月廿三日包了饺子来叫我，让我去她家剪窗花。"常见的窗花多以动植物为素材，如狮子滚绣球、二龙戏珠、鸳鸯戏水、喜鹊登梅等。

婚嫁

民间认为过了小年，诸神都上天了，一直到过年，人间百无禁忌，婚嫁不用选日子，随便哪一天都不会冲撞诸神，这被称为赶乱婚。民间有歌谣唱道："岁晏乡村嫁娶忙，宜春帖子逗春光。灯前姊妹私相语，守岁今年是洞房。"

诗歌里的传统节日

祭灶与邻曲散福

宋·陆游

已幸悬车①示子孙,正须祭灶请比邻②。
岁时风俗相传久,宾主欢娱一笑新。
雪鬓坐深知敬老,瓦盆酌满不羞贫。
问君此夕茅檐底,何似原头③乐社神?

陆游,字务观,号放翁,南宋时期文学家、史学家、爱国诗人,著有《剑南诗稿》《渭南文集》《老学庵笔记》等。

主旨

这首诗写的是祭灶后与邻居分享祭祀食品的感怀,表现的是一种欢乐祥和的气氛。

注释

①悬车:古代记时名称,指黄昏前的一段时间。祭灶一般是在傍晚,这里指傍晚时候。三国魏缪袭《挽歌诗》:"白日入虞渊,悬车息驷马。"
②比邻:邻居,乡邻。陶潜《杂诗》:"得欢当作乐,斗酒聚比邻。"杜甫《兵车行》:"生女犹是嫁比邻,生男埋没随百草。"
③原头:原野,田头。岑参《原头送范侍御》:"百尺原头酒色殷,路傍骢马汗斑斑。"

诗里诗外

灶,指用砖、坯、金属等制成的生火做饭的设备,由灶台、灶眼、烟囱等组成。"灶"字原从穴,《说文解字》的解释为:灶,炊灶也。本义是架锅烧煮食物的灶坑,即在地上挖一个坑,在坑里支锅烧火做饭,这是灶的最早形式。民以食为天,所以,灶与人们的生活密切相关。

在历史上，除了做饭，关于灶还有不少故事和习俗。如《左传·成公十六年》记载："塞井夷灶，陈于军中，而疏行首。"就是填井平灶，把做饭的灶坑填平，表示做好了战斗的准备和决心。古代伟大的军事家孙膑就是利用"减灶退敌"之妙计打了一场大胜仗。《史记·孙子吴起列传》记载："使齐军入魏地，为十万灶；明日，为五万灶；又明日，为三万灶。"孙膑通过减灶迷惑庞涓，让庞涓误以为齐军胆怯，逃亡者过半，大意轻敌，故而输了战争。《国语·晋语》还记载了一个"沉灶产蛙"的故事："晋师围而灌之，沉灶产蛙，民无叛意。"就是说灶沉没到水中，产生了青蛙，用来形容水患严重。《战国策·赵策一》也有记载："今城不没者三板，臼灶生蛙，人马相食。"

古人祭灶也有讲究，很多地方有"男不拜月，女不祭灶"之说。这说法虽没有科学依据，但反映了古人的习俗。古人认为月属阴，男为阳，故中秋节，男人不能参加祭拜月神的活动。灶属阳，女为阴，故女子不宜参加祭灶活动。

除夕

科普 //

除夕，是一年的最后一天夜晚，也叫年三十、大年夜、除夕夜、除夜等，是中国非常隆重的传统节日。除夕就是"月穷岁尽"之意，除旧迎新成为其主要内容。除夕是和家人团聚的日子，自古就有守岁、吃团圆饭、挂灯笼、贴春联、祭祖等活动。

诗歌里的传统节日

历史

　　关于除夕的来源与害人的妖怪或怪兽有关。第一个传说是一个叫"夕"的妖怪，非常残暴，经常祸害百姓。夕尤其喜欢漂亮的女孩子，如果看中了哪家女孩，晚上就要去糟蹋她，并且还要把女孩吃掉。百姓痛恨夕，但又奈何不了它。

　　有个叫七郎的猎人，力大无比，箭术超绝。他养的猎狗也很勇猛，敢和各种野兽搏斗。七郎就想为百姓除掉夕，于是带着猎狗到处寻找夕，一直没有找到。因为夕只在太阳落山后才出来。七郎找了一年，直到腊月三十这天，来到一个镇子上，见到百姓高高兴兴地准备过年。这个镇子大，热闹繁华，姑娘也多，七郎想着也许夕今晚会来，就告诉镇子上的人，让大家晚上不要睡觉，一有动静就使劲敲出响声，因为夕怕响声。

　　这次真被七郎猜中了。晚上，夕果然来了，还闯入了一户人家。这家人发现夕后，赶紧敲响了家中的盆盆罐罐。镇子上的其他人家听见响声也跟着敲起来。夕被响声吓得四处乱窜。七郎带着猎狗过来，夕先是和猎狗打斗起来。大家也都把家里的东西敲得震天响，这就使夕更加害怕，正要准备逃跑，猎狗趁机咬住了夕。七郎也赶紧拉弓射箭，一箭射死了夕。

　　此后，人们就把腊月三十作为除掉夕的日子进行庆祝。在除夕夜，家家户户放鞭炮，以表示除旧迎新。

　　关于除"夕"还有一个传说。夕是一个凶狠的妖怪，经常危害百姓。百姓就向灶神求助，但灶神打不过夕，就到天上去请求

诗歌里的中国

支援。天宫派了一个叫"年"的神仙。年在腊月三十的晚上除了夕。此后,人们为了庆祝不再遭受夕的危害,就把这天晚上叫作除夕。

以上两种传说只是说夕是一个妖怪,并没有记载得太具体。还有一个关于夕的传说记载了它的大概形象。夕为恶兽,四角四足。夕本就身躯庞大,凶猛异常,冬季寒冷、食物短缺的情况下,夕更加吃不饱,脾气也更加暴躁。每到腊月底,人们就到附近的竹林里躲避夕。

有一年,一位老婆婆在路上遇到一个昏倒的孩子,就把孩子救醒,一起带到竹林。由于竹林里比较寒冷,人们要在这里伐竹盖房,生火取暖。孩子很好奇,忍不住问道:"竹林离我们的村子也不远,为什么躲在这里,夕就找不到了?"一位老人说:"我小的时候就跟着大人来这里躲避夕了,夕饿极了也会追到这里,不过看见人们在砍竹子就逃走了。"孩子听完后立刻想到了赶走夕的办法。这个孩子告诉大家他有办法除掉夕,并让大家多砍一些竹节带着,今天就可以回家。人们半信半疑地回家了。

晚上,这个孩子告诉大家,等他把夕引过来,大家就往火堆里扔竹节。当孩子把夕引过来时,人们一时没有反应过来,直到孩子大声提醒,人们才赶忙将竹节扔进火堆。但为时已晚,孩子被夕的角挑中,并摔到了地上。竹子燃烧时发出的噼里啪啦的声响使得夕掉头就逃。此后,每年腊月三十的晚上,人们就燃烧竹子希望除掉夕,为孩子报仇。这个孩子的名字叫年。

当然,关于过年的传说中,年兽是最常见的。年是一种吃人的怪兽,喜欢在年三十晚上出来吃人。后来,人们为了躲避年,就想出了年三十晚上早早吃过饭,闭门不出的办法。后来人们发

诗歌里的传统节日

现年怕光、怕响声,人们就在腊月三十这天晚上点亮灯火,并在院子里燃烧竹子发出噼噼啪啪的声音。半夜时分,年来到村里准备抓人吃的时候,就被吓跑了。

除夕作为一年中最后一个节日,源于上古时期岁末驱除疫疠之鬼的习俗。黄帝时期,有一位高大勇猛的武士叫方相氏,他能祛除鬼魅。黄帝为了防止野兽侵害他死去的妻子的尸体,就请方相氏在夜间执戟守护,开道护灵。此后,就形成了在岁末举行"大傩"仪式,以击鼓等方式驱除疫疠之鬼的习俗,这一活动被称为"逐除"。

这一习俗一直到商周时期还很流行,只是最初由方相氏主导的驱赶鬼魅的活动改为由专门的礼官来主持。春秋战国时期,这种"傩祭"已越来越正式,如《论语·乡党》载:"乡人傩,朝服而立于阼阶。"在举行傩祭仪式时,孔子总是穿着朝服,恭敬地站在东面的台阶上。《吕氏春秋·季冬纪》:"命有司大傩,旁磔,出土牛,以送寒气。"可见,有专人负责这种祭祀仪式。到汉代时,这种傩祭有了明确的日期,东汉高诱对《吕氏春秋·季冬纪》这条注曰:"大傩,逐尽阴气为阳导也。今人腊岁前一日击鼓驱疫,谓之逐除是也。"

汉魏时期,傩祭多在腊日或前一日举行。东汉应劭在《风俗通义》中载:"县官常以腊除夕饰桃人,垂苇茭,画虎于门,皆追效于前事,冀以御凶也。"可见,这种驱邪的习俗在"腊除"的晚上。南朝宋范晔《后汉书》载:"先腊一日,大傩,谓之'逐疫'。"可见,这时的傩祭是在腊日的前一日。除夕一词最早见于西晋周处的《风土记》中:"至除夕,达旦不眠,谓之守岁。"魏晋南北朝时期,除夕的概念被明确提出,而且"逐除"的仪式渐渐不再隆重,而是被具有"驱邪"作用的桃符替代,过年的其他习俗如守岁、宴饮等逐渐兴盛。梁徐君倩《共内人夜坐守岁》:"欢多情未极,赏至莫停杯。酒中挑喜子,粽里觅杨梅。帘开风入帐,烛尽炭成灰。勿疑鬓钗重,为待晓光催。"这首诗描述了除夕守岁的情形。

隋唐时期,除夕已成为全民参与的盛大节日,节日活动多样,守岁成为最受重视的习俗。从宫廷到民间,除夕夜喝分岁酒,把酒笑谈,相坐守岁直到天亮。起源于上古时期的傩祭发展为傩戏,节庆娱乐成分增加。这时,宫廷中的傩戏非常隆重,还有音乐伴奏。钱易《南部新书》中记载了唐朝宫廷中热闹的傩戏场景:"岁除日,太常卿领官属乐吏,并护童侲子千人,晚入内,至夜,于寝殿前进傩,燃蜡炬,燎沉檀,荧煌如昼,上与亲王妃主以下观之,其夕赏赐甚多。"参与傩戏表演者上千人,还有宫廷的乐师专门伴奏,皇上、亲王、妃嫔等亲自观看,可见唐朝除夕傩戏的规模和热闹。

宋代时,除夕的节日气氛更为浓厚。《梦粱录》记载:"十二月尽,俗云'月穷岁尽之日',谓之'除夜'。士庶家不以大小家,俱洒扫门闾,去尘秽,净庭户,换门神,挂钟馗,钉桃符,贴春牌,祭祀祖宗。遇夜则备迎神香花供物,以祈新岁之安。"宋朝的除夕夜,家家户户都要打扫卫生,换上新的门神和桃符,贴"福"字,祭祀祖先。晚上,还要祭神,祈求新年平安等。此外,除夕夜放鞭炮的习俗也是在宋代形成的。"爆竹声中一岁除,春风送暖入屠苏",讲的就是除夕燃放爆竹的活动。

明清时期,除夕更加热闹。除了常见的换门神、桃符、春贴,宴饮、守岁等,还有辞岁、给压岁钱、祭祀等。明代《帝京景物略》载:"三十日五更,又焚香楮送迎,送玉皇上界矣,迎新灶君

二五六

诗歌里的传统节日

下界矣。插芝麻秸于门檐窗台，曰'藏鬼秸中，不令出也'。门窗贴红纸葫芦，曰'收瘟鬼'。夜以松柏枝杂柴燎院中，曰'烧松盆烟岁'也。悬先亡影像，祀以狮仙斗糖、麻花馓枝。"除夕夜，五更时要焚香，送玉皇大帝上天，迎接灶君回来，在窗台、门檐插上芝麻秸，意思是将鬼藏在里面。门窗上要贴红纸葫芦，寓意收瘟鬼。夜晚，还要在院子里点燃松柏等杂树枝，称为烟岁。在祖先的遗像前，用糖、麻花、馓子等祭祀。清朝除夕，亲友之间相互走访拜谒，进行辞岁，长辈给晚辈压岁钱等。《燕京岁时记》记载："凡除夕，蟒袍补褂走谒亲友者，谓之辞岁。家人叩谒尊长，亦曰辞岁。新婚者必至岳家辞岁，否则为不恭"，"以彩绳穿钱，编作龙形，置于床脚，谓之压岁钱。尊长之赐小儿者，亦谓之压岁钱。"除夕时，穿上新衣走亲访友，相互辞岁，家人也要给长辈辞岁。新结婚的必须到岳父母家进行辞岁，否则会被认为不恭。压岁钱是用彩绳穿钱放在床腿处，长辈给小孩的钱也叫压岁钱。压岁即"压祟"，镇压邪祟保平安。

节日活动和习俗

除夕作为一年的最后一天夜晚，是中国较为隆重的传统节日，是一个辞旧迎新、阖家团圆的日子，自古受到人们的重视。除夕活动丰富多彩，主要有守岁、祭祖、吃年夜饭、放爆竹、贴春联、给压岁钱等。我国幅员辽阔，各地的除夕习俗也不尽相同。

守岁

　　守岁作为除夕习俗,由来已久。守岁,也叫熬年,就是家人聚在一起,守着"岁火",等待辞旧迎新的时刻,通宵守夜,以驱走瘟病邪祟,迎接平安如意的新的一年。最早的文字记载见于西晋的《风土记》。守岁的习俗在魏晋以后就逐渐盛行。杜甫《杜位宅守岁》:"守岁阿戎家,椒盘已颂花。"孟浩然《岁除夜会乐城张少府宅》:"续明催画烛,守岁接长筵。"寒冷的冬夜,守岁一般在室内,除了吃喝,当然少不了玩乐,如博戏、围棋、象棋、骨牌等。小孩子也需要守岁,如苏轼在《守岁》一诗中所说:"儿童强不睡,相守夜欢哗。"一个"强"字将小孩子虽然很困却又坚持守岁的童趣勾画出来了。

祭祖

　　祭祖是除夕的一项传统习俗。祭祖是古代社会生活中的大事,"国之大事,在祀与戎"。在先秦时代,天子七庙,即天子要供奉七代祖先的牌位,民间宗族也有祠堂,专门用来供奉祖先,普通百姓就在家中祭祀祖先。

　　祭祖源于"百善孝为先"和"慎终追远"的传统观念。除夕祭祖是希望在辞旧迎新的时刻对祖先表达敬意和怀念,另一方面,也希望得到祖先的保佑。在古代,祭祖仪式一般比较隆重,国家举行的祭祀自不必说,就是宗族祭祖也有严格的流程和规范。这在文学作品中也有体现,如《红楼梦》第五十三回就讲到宁国府除夕祭宗祠之事,十分繁琐,如"守焚池。青衣乐奏,三献爵,拜兴毕,焚帛奠酒,礼毕,乐止,退出",接着献菜上供,"左昭右穆，男东女西。俟贾母拈香下拜，众人方一齐跪下"。

年夜饭

年夜饭也叫团圆饭，指除夕晚上的那顿饭。据《荆楚岁时记》记载，在南北朝时期已有吃年夜饭的习俗。《清嘉录》载："除夜，家庭举宴，长幼咸集，多作吉利语，名曰'年夜饭'，俗呼'合家欢'。"家人聚在一起，吃饭饮酒，说着美好的话语，就是吃年夜饭。

一般来说，年夜饭少不了鸡、鱼、肉等，由于各地习俗不一，各地的年夜饭也有不同。如北方的年夜饭少不了饺子，南方的年夜饭少不了年糕等。要说吃鱼，唐朝的年夜饭竟然还有生鱼片，其制作方法为"脍"，李白曾说："呼儿拂几霜刃挥，红肌花落白雪霏。"宋朝年夜饭会吃汤饼，陆游在《岁首书事二首》其二中说："中夕祭余分馎饦。"自注曰："乡俗以夜分毕祭享，长幼共饭其余。又岁日必用汤饼，谓之冬馄饨、年馎饦。"这种馎饦是在除夕祭祀后全家一起吃掉，类似于现在的汤面。明清时期的年夜饭更加讲究，清朝宫廷的年夜饭从下午四点就正式开始准备。明清时期吃年夜饭除了辞旧迎新，还有年年有余的美好寓意。如《燕京岁时记》："年饭用金银米为之，上插松柏枝，缀以金钱、枣、栗、龙眼、香枝。破五之后，方始去之。"这种年饭的主要作用应该是用来祭祀，而且要放到过年之后的正月初五才能撤走。

放爆竹

除夕放爆竹的习俗源于除"夕"的传说。人们用燃烧竹子的方法驱赶夕或者年，后来就形成了放爆竹的习俗。东方朔在《神异经》中认为放爆竹是为了驱赶山中叫"山魈"的鬼怪:"西山中有人焉,长尺余,一足,性不畏人,犯之令人寒热,名曰山魈。以竹着火中,火扑哗有声,而山魈惊惮。后人遂象其形,以火药为之。"山魈是一种独脚鬼怪,不怕人,人碰到山魈还会生病。但它怕火和声响,于是,人们点燃竹子,发出的火光和噼啪声可以吓跑山魈。所以,放爆竹是为了驱赶山中鬼怪。

在爆竹产生之前,是直接燃烧竹子,后来烧松柏枝等。魏晋时期,随着方士炼丹的盛行,人们发明了火药。后来随着火药的广泛应用,有人将火药装在竹筒里,点燃后响声更大,即"爆竹"。到宋代时,由于造纸技术和火药术的发展与普及,人们开始用纸卷裹火药,这时爆竹也叫炮仗或爆仗。《土风录》:"纸裹硫黄,谓之爆仗,除夕、岁朝放之。"宋代时,大街小巷都有售卖炮竹和烟花的。《梦粱录》:"是夜,禁中爆竹嵩呼,闻于街巷。"明清时期,禁中爆竹的种类更加多样。

贴春联

春联的前身是桃符。《初学记》引《典术》曰:"桃者,五木之精也,故压伏邪气,制百鬼,故今人作桃符著门以压邪。此仙木也。"在古人眼中,桃木是五木之精,能够制伏鬼怪,抵御邪祟。早在周代,人们为了辟邪祈福,用桃木做成桃木板悬挂在大门两边,上面画着神荼、郁垒的图像。据《后汉书·礼仪志》所说,桃符长六寸,宽三寸,桃木板上书"神荼""郁垒"二神。门神即守门之神,通常是威武高大的形象。相传神荼、郁垒是守鬼门的两个神,如果鬼做了坏事,神荼、郁垒就会把鬼抓住喂给猛虎吃。

诗歌里的传统节日

　　唐和五代时期门神就多用钟馗。到了宋代，门神画像多为秦叔宝、尉迟恭。秦叔宝和尉迟恭是初唐时期的名将，同列为凌烟阁二十四功臣，辅佐唐太宗李世民登上帝位。相传，一次唐太宗患病夜不能寐，觉得窗外鬼哭狼嚎，不得安宁。于是秦叔宝主动请缨和尉迟恭守在唐太宗的寝殿门口。唐太宗批准后，二人守在寝殿外，夜里果然没有了动静。唐太宗便命人给秦叔宝和尉迟恭画画像，然后贴在宫门上以辟邪。这一习俗在民间逐渐流传开来。门神的形象在变化，而画门神的桃木板也演化为门神贴纸。

　　到了宋代，挂在门上的桃木板改成了红色的纸张，文人墨客在上面题诗做对子，便渐渐演变成今天的春联了。经过明代皇帝朱元璋的大力提倡，过年贴春联的习俗广为流传。除此之外，春节贴"福"字同样是必不可少的环节。

压岁钱

　　压岁钱也叫压"祟"钱，即压住邪祟，平平安安度过一年。关于压岁钱有一个传说故事。古时，有一种叫祟的怪兽，性情古怪，喜欢过年的时候摸小孩子的头，偷取他们的思想。这件事后来被八仙知道了，他们就在过年的时候化作八枚铜钱来到人间。有一家穷人，夫妻老来得子，自是喜欢。除夕这天，就怕祟来偷孩子的思想，就想尽办法哄孩子不要睡觉。最后，实在没办法，就把家里仅有的八枚铜钱拿来给孩子当玩具。但后来孩子玩累了，拿着铜钱就睡着了，老夫妻也困到睡着了。夜里，祟看见他们都睡了，就偷偷溜进家里，刚想伸出手摸孩子的头，就被八束金光打得连连后退。此后，祟再也不敢偷小孩的思想了。后来人们听到这对

老夫妻的事，就纷纷效仿。除夕夜，给孩子一些钱拿着，就可以压祟，后来逐渐形成给小孩压岁钱的习俗，以表达对小孩的祝福。

现存文献关于压岁钱的记载最早出现在汉代。这时的压岁钱也叫压胜钱，是一种为了佩戴而专门铸造的辟邪钱币。这种钱币一面铸有吉祥的文字，如"千秋万岁""去殃除凶"等，另一面铸有龙凤、龟蛇、星斗等各种图案。清代时的压岁钱变为用彩绳穿钱，编为龙形，放在床脚，还有一种长辈给小辈的钱也叫压岁钱。

客中除夕

明·袁凯

今夕为何夕①,他乡说故乡②。
看人儿女大,为客岁年长。
戎马无休歇,关山正渺茫。
一杯柏叶酒③,未敌泪千行。

袁凯,字景文,号海叟,明代诗人。少时以《白燕》诗得名,人称袁白燕。

◆清姚文瀚岁朝欢庆图（局部）

全家人欢聚一堂，共度佳节，小孩在庭前游戏，老人在厅堂聊天，妇女在厨房准备酒食。

诗歌里的传统节日

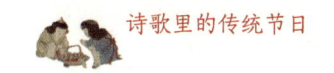

主旨

　　这首诗是作者在一个除夕夜所写,抒发了旅居外地时对家乡、对亲人的思念之情。

注释

①今夕为何夕:出自《诗经·唐风·绸缪》:"今夕何夕,见此良人。"诗人借用此句抒发对家人的怀念。杜甫《今夕行》:"今夕何夕岁云徂,更长烛明不可孤。"
②他乡说故乡:化用刘皂《旅次朔方》(一作贾岛《渡桑干》)中"无端更渡桑干水,却望并州是故乡"句。
③柏叶酒:用柏叶浸过的酒,也叫"柏酒"。饮柏叶酒是古代一种风俗。柏叶凋零较晚,故取其叶浸酒,在新年共饮,以祝长寿。南朝梁宗懔《荆楚岁时记》:"(正月一日)长幼悉正衣冠,以次拜贺,进椒柏酒,饮桃汤。"唐孟浩然《岁除夜会乐城张少府宅》:"旧曲梅花唱,新正柏酒传。"宋朱淑真《除夜》:"椒盘卷红独,柏酒溢金杯。"

诗里诗外

　　古人过年饮酒的习俗出现较早,先秦时期已有为庆祝丰收和新年到来的宴饮活动。不过后来的饮酒逐渐从祭祀和祈福转变为节日的庆贺，逐渐从世家贵族转变为全民共饮的一项习俗。古人过年饮酒有一定的讲究，一般是"药酒"，最常见的就是柏叶酒和屠苏酒。柏叶酒和屠苏酒都是用植物浸泡的酒，对健康有益。

自汉代以来，人们过年多喝柏叶酒，这是一种用椒花、柏叶等原料浸泡的酒，也叫椒柏酒。东汉应劭在《汉官仪》中说："正旦饮柏叶酒上寿。"汉代已有过年喝柏叶酒祝寿的习俗。柏树为常青树木，叶落较晚，古人认为象征长寿。《论语》："岁寒，然后知松柏之后凋也。"南北朝时期，人们在除夕的筵席上喝柏叶酒以庆祝。南朝梁庾肩吾《岁尽应令》诗："聊开柏叶酒，试奠五辛盘。"北周诗人庾信《正旦蒙赵王赉酒诗》："柏叶随铭至，椒花逐颂来。"宋戴复古在《壬寅除夜》中写道："横笛梅花老，传杯柏叶香。"明张居正在《元日感怀》中写道："闲愁底事淹芳序，且尽尊前柏叶卮。"这些诗描述的都是过年饮用柏叶酒的习俗。

魏晋时期，人们除了饮用柏叶酒，还增加了一种屠苏酒。屠苏酒因王安石的《元日》而"名声大噪"："爆竹声中一岁除，春风送暖入屠苏。"屠苏酒产生较早，相传为汉末名医华佗创制，有驱邪避瘴之效，在南北朝时已成为过年的饮用酒。《荆楚岁时记》："岁饮屠苏，先幼后长，为幼者贺岁，长者祝寿。"这段记载还提到了饮屠苏酒的一个顺序，从幼至长。苏辙在《除日》写道："年年最后饮屠苏，不觉年来七十余。""最后饮屠苏"说明筵席上苏辙年龄最长，所以要等最后才能饮用屠苏酒。

古人除夕夜里饮酒还有一个说法叫饮"分岁酒"。除夕饮分岁酒的风俗在宋代最为盛行。陈善《杭州志》载："古有守岁之宴，

诗歌里的传统节日

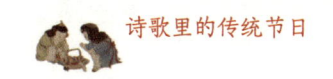

言为达曙饮也。今至夜分而止,故谓之分岁。"范成大在《分岁词》中写道:"老翁饮罢笑撚须,明朝重来醉屠苏。"

不管是饮柏叶酒还是饮屠苏酒,都反映了古人对过年的重视,同时也寄托了人们对健康、幸福的美好愿望。